Lutz van Dijk

# Kampala – Hamburg

ROMAN EINER FLUCHT

Alle Charaktere und Handlungen in diesem Roman sind frei erfunden. Zitate öffentlicher Personen sind als solche durch Fußnoten kenntlich gemacht.

*Das Autorenhonorar für dieses Buch geht je zur Hälfte an queeramnesty (Amnesty International: www.queeramnesty-berlin.de) und SMUG (Sexual Minorities Uganda: www.sexualminoritiesuganda.com).*



Lektorat: Regina Nössler

Erste Auflage, März 2020



Umschlag und grafische Realisierung von Sergio Vitale unter Verwendung eines Fotos © getty images (David Levingstone)
Gesamtherstellung: Finidr
ISBN 978-3-89656-283-8
Printed in the Czech Republic

Bitte fordern Sie unser Gesamtverzeichnis an:
Querverlag GmbH
Akazienstraße 25, 10823 Berlin
www.querverlag.de

*David Kato (1964 – 2011)*

Für David Kato,
den Lehrer und Kämpfer für Menschenrechte aus Uganda,
geboren am 13. Februar 1964 in Nakawala, Uganda.
Ermordet mit 47 Jahren am 26. Januar 2011 in Bukusa, Uganda.
Weil er sich für die Rechte sexueller Minderheiten engagierte.
Weil er selbst offen schwul war[1].

1 Zu David Kato mehr auf S. 154-156. Weitere Informationen befinden sich im Buch auf den Seiten 162-166.

# Hamburg, im Januar

Um diese Jahreszeit ist es nie richtig Tag in Hamburg. Grau, grau, grau. Eigentlich nur Abstufungen von grau, und dann halt früh schon dunkel. Ewig dunkel.

Mein Wecker geht ab im Dunkeln, obwohl es schon sieben Uhr ist … ich quäle mich aus dem warmen Bett und tapere über den dunklen Flur zum Klo. Dann plötzlich das grelle Licht, das in den Augen schmerzt. Aber Michelle will es so.

„Ich muss sehen, was ich mache …“, sagt sie.

„Auch auf Klo?“, brumme ich zurück.

„Auch da!“, ruft sie mit jener Stimme, die keinen Widerspruch duldet.

Sie ruft es aus dem Kinderzimmer, wo es noch still ist. Sie war offensichtlich schon vor mir auf und hat Marco die erste Flasche gegeben. Er bekommt sonst sogar noch die Brust. Aber nicht, wenn Michelle in Eile ist.

Michelle – meine ältere Schwester. Marco – mein kleiner Neffe. Gerade war sein erster Geburtstag.

Ich darf nicht zu viel meckern. Denn ohne Michelle säße ich noch zu Hause. Zuhause? Schönes Wort. Das ist es schon lange nicht mehr. Ich weiß nicht genau, was am Ende schlimmer war. War es der ewige Streit zwischen meinen Eltern?

„Von dir lasse ich mir nichts mehr sagen!“ – Mutter.

„Und wo warst du dann mit deiner sogenannten Freundin Inge den ganzen Abend?“ – Vater.

„Inge versteht mich wenigstens!“ – Mutter.

„Weil die genauso bescheuert ist!“ – Vater.

Oder war schlimmer, als ich ihnen endlich sagte, dass ich schwul bin?

Einfach so. An einem Abend nach dem Sport im städtischen Schwimmbad. Weil es einfach so klar war. Ich hatte wieder nur nach Jungen geschaut, vor allem nach dem einen in der Dusche. Nichts weiter. Absolut unauffällig. Aber es war klar für mich. Keine vorübergehende Phase.

Das bin ich. Schon immer.

Wohlgemerkt: Ich sagte es in der Großstadt Hamburg, also genauer in Barmbek. Nicht in einem Kuhkaff auf dem Lande. Nicht vor hundert Jahren, sondern vor gut sechs Monaten.

Ich habe mein Handtuch im Bad aufgehängt und sage es im Flur. Ruhig, aber unüberhörbar.

„Wie bitte?" – Vater von seinem Schreibtisch, ohne aufzuschauen.

„Hast du keine Ohren?" – Mutter zu Vater.

„Sag das noch mal, David!" – Vater, zornig.

„Ich ahne es schon lange ..." – Mutter, ebenfalls, ohne mich anzuschauen.

„Ach ja?" – Vater laut, kurz vor einem Wutanfall.

Den erlebe ich jedoch nicht mehr mit.

Mutters Stimme höre ich nur noch aus der Entfernung, als ich schon im Treppenhaus die Stufen aus dem zweiten Stock hinunterstürme. Und auch nur, weil ich die Wohnungstür offen gelassen habe.

„Daaavid?" Und dann nochmal, aber schon viel leiser: „David ...?"

Seitdem wohne ich bei Michelle, die schon einundzwanzig ist, aber bereits vor über einem Jahr abgehauen ist von daheim, obwohl sie noch in der Ausbildung war. Noch immer ist sie bei dieser Farbenfirma. Jedoch inzwischen im letzten Lehrjahr. Einzelhandelskauffrau.

„Sobald ich damit fertig bin, suche ich mir was anderes", sagt sie.

Sie hasst ihren Chef. Ein Diktator. Die Firma nennt sie *IG Farben*. „Der hätte auch KZs anstreichen lassen", sagte ihre Kollegin Leila einmal, als ich dabei war. Dann kicherten beide.

„Der ist schlimmer als Armin!", fügte Michelle noch hinzu. Aber Armin bezahlt immerhin den Unterhalt für Marco, auch wenn er sich sonst nicht um den Kleinen kümmert. Und so großzügig, dass wir jetzt, zwar bescheiden, aber doch alle drei davon leben können. Michelle, Marco und ich.

So ist meine große Schwester. Hart, aber gerecht. Nie würde sie mich im Stich lassen, ihren kleinen Bruder. Ich sie aber auch nicht. Echt nie!

Als Armin einmal betrunken an der Tür war und Theater machte, packte ich einen alten Hammer aus unserer Werkzeugkiste, erhob ihn mit entschlossener Miene und schrie: „Wenn du Michelle auch nur berührst, bekommst du den auf die Birne!"

Es muss gut ausgesehen haben. Armin verdrückte sich und kam seitdem nicht wieder. Aber überweist trotzdem weiter jeden Ersten im Monat Unterhalt für Marco.

Denn ich gehe ja noch zur Schule. Obwohl ich schon achtzehn bin. Aber doch erst in der elften Klasse. Weil ich in der Grundschule einmal sitzen geblieben war. Aber auf der Gesamtschule ist es gut jetzt. Vor allem unsere Deutschlehrerin ist gut. Sie mag meine Aufsätze. Unglaublich.

Ich schreibe irgendwas. Und Frau Schneider sagt: „Gut, David! Du hast eine eigene Stimme." Hat sie ehrlich gesagt. Eine eigene Stimme. Bin nicht sicher, was das ist. Aber ich habe es, sagt sie.

Noch anderthalb Jahre bis zum Abi.

„Das machst du, David!" Wieder Michelles Stimme. Die keinen Widerspruch duldet. „Oder willst du auch Einzelhandelskauffrau werden?"

„Nee", antworte ich. Und dann lachen wir. Weil sie Kauffrau gesagt hat und nicht Kaufmann. Und weil wir irgendwie froh sind, dass wir uns haben. Auch ohne Eltern und ohne Marcos Vater.

Wenig später bringt sie Marco zu Frau Gonzales, einer Nachbarin über uns. Die passt die Woche über auf ihn auf. Ist eigentlich schon Oma, aber ihr eigener Sohn ist mit drei Enkelkindern zurück nach Barcelona gegangen. Sie hat alle Zeit für Marco und macht es gern. Ist gut für beide.

Als ich aus der Dusche komme, ist es ganz still. Auf dem Küchentisch liegt Michelles Einkaufszettel. Auch die Bier- und Sprudel-Bestellung von Frau Gonzales. Aber sie schluckt ihr *cerveza* nur am Abend. Sonst nimmt sie nichts von uns. Und die Getränkeflaschen auch nur, weil sie nichts Schweres tragen darf.

Nach der Schule kommt das gut hin. An drei Nachmittagen staple ich Regale voll in dem Schrott-Supermarkt nicht weit von uns. Ein Hungerlohn, aber immerhin auch ein Beitrag zu unserer kleinen Familie. Und irgendwie ist es auch gut da wegen Abdul. Der ist genauso alt wie ich, aber arbeitet Fulltime dort.

Und sieht einfach gut aus.

Geht regelmäßig ins Sportstudio. Sieht man auch – ein paar Schultern, Mannomann. In dem Studio trifft er seine anderen arabischen Freunde. Abdul ist aber viel weniger Macho als die. So freundlich. Fragt auch immer nach Michelle und Marco.

Und dass er nicht schwul ist – dafür kann er nichts. Von mir weiß er es nicht. Denke ich zumindest. Denn zu Anfang vermutete er, dass Michelle meine Freundin sei. „Sieht gut aus", grinste er verschwörerisch. Inzwischen weiß er immerhin, dass sie meine Schwester ist. Immerhin.

Zur Schule fahre ich auf meinem alten Rad. Bei jedem Wetter. Heute ist es besonders mies. Eiskalter Nieselregen, selbst der Radweg glitschig. Aber die erste Stunde haben wir bei Frau Schneider.

Letzte Woche hat sie mit Goethes Werther begonnen. Gar nicht blöd, der Typ. Wie der über Liebe und Leidenschaft schon 1771 redete. Leider hetero.

# Kampala, Januar

Kampala im Januar ist wie Kampala im Februar oder August. Meist einfach gutes Wetter. Das ganze Jahr. Sonne, 25 Grad – mal etwas wärmer. Nachts meist kühler, gut zum Schlafen.

Dass es nicht knallheiß ist wie in unseren Nachbarländern – im nördlichen Sudan oder westlichen Kongo, wie im östlichen Kenia und südöstlichen Tansania –, hat damit zu tun, dass Uganda höher liegt. Im Durchschnitt um die tausend Meter über dem Meer. Gute Luft, immer ein leichter Wind. Eher wie im südwestlich von uns ebenfalls hoch gelegenen Ruanda, dem Land der tausend Hügel.

Und der Himmel über Kampala? Blau. Fast immer blau, manchmal knallblau, manchmal seidenblau. Selten nur graublau, wenn es mal Wolken und Regen gibt. Oder eines der vielen reinigenden Gewitter. Gut. Regen ist immer gut. Heute ist der Himmel knallblau.

Kampala – oder in unserer Sprache *Kasozi K'empala*: Hügel der Antilopen. Schon lange her, als hier noch die Impala-Antilopen frei herumliefen. Aber vorstellen kann ich's mir. Wenn ich aus dem Fenster unserer Parterrewohnung im Stadtteil Kololo schaue und nicht weit von uns die hohen Baumkronen des Unabhängigkeitsparks erkennen kann. Dahinter riesige Hochhäuser am Horizont dieser Millionenstadt.

Mama vermisst die Kühe aus Kabale. Ich auch. Kühe haben eine gute Seele.

Dabei waren wir nie Bauern. Als ich noch ganz klein war, wurde Mama als leitende Krankenschwester von Kampala zum Aufbau des staatlichen Kreiskrankenhauses nach Kabale versetzt, fast sieben Stunden im wackelnden Autobus südwestlich von der Hauptstadt entfernt, nicht weit von der Grenze zu Ruanda. Da hatte sie sich schon getrennt von meinem Vater, der als Stationsarzt auch ihr ehemaliger Chef gewesen war.

„Ich war nur eine seiner vielen Frauen", erklärte mir Mama, als ich schon zur Schule ging in Kabale. Und ich sie nach meinem Vater gefragt hatte. Ihre Stimme klang traurig, als sie es sagte.

Trotzdem fragte ich weiter. Denn noch eine andere Frage lag mir auf dem Herzen. Und Mama kann ich alles fragen. Immer.

„Warum habe ich keine Geschwister, Mama?“ Alle meine Freunde haben Geschwister. Viele. Im Durchschnitt, das weiß ich heute, sechs Kinder pro Familie in Uganda.

„Weil ich nach deiner Geburt lange sehr krank war, David“, antwortete sie. Und fügte dann noch trauriger hinzu: „Hinterher konnte ich keine Kinder mehr bekommen.“ Sie wischte sich ein paar Tränen aus dem Gesicht. Ich ahnte, dass auch darum mein Vater sie verlassen hat. Oder sie sich, wie sie sagt, getrennt hat. Männer in Uganda wollen immer viele Kinder. Das weiß jeder.

Aber meine Mutter ist perfekt für mich. Die beste Mama der Welt. Und ich will nicht, dass sie traurig ist. Niemals. Dann habe ich eben keine Geschwister. Außerdem ist sie eine tüchtige Krankenschwester. Oberschwester Patience Kutala. Alle achten sie in Kabale, auch wenn die meisten Leute hier nicht unsere Sprache *Luganda* sprechen, sondern *Rukiga*. Von ihrem Gehalt haben wir ein kleines Haus mit Garten nicht weit vom Krankenhaus mieten können. Wegen des kühleren Klimas hier wachsen sogar zwei Apfelbäume direkt davor.

Unsere kleine Familie: Nur Mama und ich. Mamas Eltern und Geschwister wurden alle ermordet zu Zeiten des furchtbaren Idi Amin[2]. Sie wuchs als kleines Mädchen bei einer Tante auf, die aber inzwischen auch verstorben ist.

Zu unserer Familie gehört dann aber immerhin noch Robinson – unser Wachhund. Den ich auf einem Müllhaufen als kleines, halb verhungertes schwarzes Bündel gefunden hatte. Inzwischen war Robinson zu einer stattlichen Schäferhund-Mischung herangewachsen, der auf unser Haus aufpasste, wenn Mama im Krankenhaus war und ich in der Schule. Mit Robinson würde sich kein Einbrecher einfach anlegen.

Ich war so klein, gerade erste Klasse, dass ich an jenem Abend noch auf ihrem Schoß sitzen konnte, als sie mir von meinem Vater erzählte und warum sie keine Kinder mehr würde haben können. Noch einmal tropften ein oder zwei ihrer Tränen auf meinen Kopf.

Ich zog ihr Gesicht zu mir herunter und flüsterte ihr ins Ohr: „*Nkwagala*, Mama!“ Sie zog den Rotz hoch und sagte in mein Ohr: „Ich dich auch, David!“

Da mussten wir beide lachen. *Nkwagala* heißt in unserer Sprache: Ich liebe dich.

Als ich schon im Bett lag, hörte ich die Kühe unserer alten Nachbarin im Schuppen mit den Hufen stampfen und ihren Atem ausblasen. Ein Gewitter zog auf. Aber mir konnte nichts passieren. Mit Mama und Robinson.

An diesen Abend in Kabale musste ich denken. Jetzt, fast zehn Jahre später und zurück in Kampala. Mutter nun als Oberschwester im Kinderkrankenhaus im guten Stadtteil Kololo. Robinson inzwischen hinkend und mit grauen Haaren ums Maul, weil er schon sehr alt geworden ist, jedenfalls nach Hundejahren. Aber wir würden uns niemals von ihm trennen. Er gehört einfach zu unserer kleinen Familie.

Dass ich schwul bin, ahne ich, seit ich klein bin. Aber ich hatte nie ein Wort dafür. Und ich fiel sonst nicht auf. Ich war in der Grundschul-Fußballmannschaft und tobte mit den anderen Jungen nach der Schule.

In meiner Klasse waren damals auch zwei *Batwa* Kinder, einen Kopf kleiner als alle anderen. Niemand wollte mit ihnen spielen. Sie wurden „Zwerge" gerufen oder auch „Pygmäen". Sie wurden nicht einmal in unsere Fußballmannschaft gewählt. Ich fand es gemein, aber sagte nichts. Doch spürte ich deutlich, wie traurig sie darüber waren.

Heute weiß ich, dass ich ebenso nicht dazugehöre. Jedenfalls nicht zu den meisten anderen Jungen, die ich kenne in meinem Alter. Auch wenn es von denen noch niemand weiß.

Seit meinem vierzehnten Geburtstag weiß ich sicher, dass ich schwul bin. Mama hatte mir erlaubt, drei Freunde zu meiner Feier einzuladen: Isaac, Seguja und Paul. Sie war eher von der Arbeit gekommen und hatte für uns alle KFC-Fastfood mitgebracht. Super.

Zuletzt schauten wir alle zusammen den neuen Black-Panther-Film auf DVD an, der damals gerade herausgekommen war. So stark – alle Helden Afrikaner! Gegen 21 Uhr wurde Seguja von seiner Mutter mit dem Auto abgeholt und Paul von einem Fahrer seines Vaters. Isaacs Mutter hatte angerufen und gefragt, ob der Junge bei uns übernachten könne, da ihr Mann nicht rechtzeitig von einer Sitzung des Stadtrates heimgekommen sei.

„Klar", sagte Mama. „Kein Problem. Er kann dann morgen früh mit David den Schulbus nehmen."

Und so blieb Isaac über Nacht. In meinem Zimmer. Erst lag er auf der Gästematratze, die Mama für ihn neben meinem Bett zurechtgemacht hatte. Natürlich hatte er keinen Pyjama dabei. Er zog sich aus bis auf die Unterhose. Beide waren wir noch nicht wirklich müde.

Dann erhob er sich und setzte sich einfach zu mir aufs Bett. Plötzlich fragte er: „Weißt du, was *Batwa* bedeutet?“

Ich hatte keine Ahnung. Ein Schimpfwort?

„Nein“, erklärte Isaac. „*Batwa* heißt einfach Mensch. Nicht Engländer, nicht Franzose, nicht Ugander – einfach nur Mensch. Gut, nicht?“

Ich nickte und versuchte, meinen Blick von Isaacs Körper abzuwenden. Er wirkte schon viel männlicher als ich, obwohl er nur ein Jahr älter war. Sonst ebenso dünn zwar, aber seine Muskeln zeichneten sich deutlich ab.

Dann schaltete er einfach meine Nachttischlampe aus. Nur ein schummriges Licht von einer ziemlich weit entfernten Straßenlaterne schien noch ins Zimmer. Er streifte seine Unterhose ab und legte sich neben mich ins Bett. Noch immer hatte ich meinen Pyjama an. Isaac zog mich zu sich. Erst jetzt traute auch ich mich. Fest presste ich meinen Körper gegen seinen.

Das war es. Genau das. Alles glühte in mir. Von nun an war kein Zweifel mehr in mir.

Beim Frühstück brachte ich kein Wort heraus. Isaac lachte mich an und schlug mir auf die Schulter, als wir beim Schulhof ankamen und aus dem Bus kletterten. Ich höre noch seine Stimme, wie er rief: „*Siiba bulungi, black panther* – mach's gut, schwarzer Panther!“

Wenig später zog die Familie nach Entebbe ans Ufer des Viktoria-Sees, und wir verloren einander aus den Augen. Ich sah ihn erst gut zwei Jahre später. Das war vor sechs Monaten bei einem gemeinsamen Bekannten aus dem Sportverein am Stadtrand von Kampala. Er war kaum wiederzuerkennen. Vor Kurzem war sein siebzehnter Geburtstag gewesen. Nun hatte er sich schon fast einen Vollbart wachsen lassen und trug die Haare als Afro.

„Isaac?“

„*Oli otya* – wie geht's, David?“, entgegnete er, und sofort erkannte ich seine Stimme. Ohne meine Antwort abzuwarten, öffnete er sein Hemd und zeigte mir eine schlecht verheilte, ziemlich große Narbe an der Schulter.

„Mein Vater!“, fuhr er fort. „Wenn ich mich noch jemals daheim sehen lasse, will er mich endgültig abstechen. Ein Schwuler wie ich sei eine Schande für die Familie …“

„Mann, Isaac …“, murmelte ich erschrocken.

Isaacs Vater war früher einer der einflussreichsten Stadträte in unserem Distrikt. Bei dem Sportler-Bekannten konnte Isaac nur noch ein paar Tage bleiben. Dann musste er ein neues Versteck finden.

Meine Mutter dagegen hält uneingeschränkt zu mir, obwohl ich es ihr erst ein Jahr nach der ersten Nacht mit Isaac damals gesagt hatte. Manchmal denke ich, sie wusste es schon eher als ich.

An jenem Nachmittag nahm sie einfach meine Hand und schaute ernst, aber liebevoll und sagte nur: „Weißt du noch: *Nkwagala …?*“

Seit dem letzten Treffen vor einem halben Jahr habe ich Isaac nicht mehr gesehen. Niemand weiß, wo er ist.

„Bestimmt untergetaucht“, meint Betty, eine Transfrau in unserer erst vor Kurzem gegründeten Gruppe für sexuelle Minderheiten, der ersten überhaupt in Kampala. Aber genau weiß sie es auch nicht. Angeblich sucht ihn sein berühmter Vater jetzt sogar mit der Polizei. Den schwarzen Panther.

# Hamburg, im Februar

Die Tage werden langsam schon wieder länger. Wenn mein Wecker geht, ist es zwar noch dunkel. Aber wenn ich eine halbe Stunde später auf mein Rad steige, kommt bereits das erste Tageslicht.

Heute früh scheinen sogar ein paar erste zaghafte Sonnenstrahlen über das Dach der Turnhalle, als ich in der Schule ankomme und mein Rad bei den überdachten Ständern anschließe.

Freitagmorgen. Bald ist Wochenende.

Heute Abend gehe ich zu einer Disko im *mhc*, dem Magnus-Hirschfeld-Centrum, einem Hamburger LGBTIQ-Zentrum[3], benannt nach dem Vorfechter für unsere Rechte aus dem letzten Jahrhundert: Magnus Hirschfeld[4]. Ist auch nicht weit weg von Barmbek. Nachts kann ich von da nach Hause laufen und brauche auf keinen Nachtbus zu warten.

Am Nachmittag noch drei Stunden Packen im Supermarkt. Aber abends und nachts dann voll frei. Erst ab morgen Nachmittag bin ich dran zum Babysitten für Marco. Jeden zweiten Samstag im Monat zieht Michelle los mit ihrer besten Freundin Ayşe.

All das geht mir durch den Kopf, während Frau Schneider ihr Bestes gibt für Goethe und seinen Werther.

„David?", höre ich ihre Stimmer aus weiter Ferne. Den ersten Teil ihrer Frage habe ich schlicht verpasst.

„Ja?", antworte ich und versuche zu erraten, was sie wissen will.

Sie hat eine Folie mit Zitaten aus dem Werther an das Whiteboard projiziert. Auf eines zeigt sie mit dem Finger und schaut mich weiter an.

Mühsam entziffere ich die vergrößerten Worte vor mir:

*Die meisten verarbeiten den größten Teil der Zeit, um zu leben, und das bisschen, das ihnen von Freiheit übrig bleibt, ängstigt sie so, dass sie alle Mittel aufsuchen, um es los zu werden. – Der junge Werther am 17. Mai 1771*

„Und, David?" Frau Schneider lässt nicht locker.

„Ist gut!", sage ich dann und meine es auch so. Da sie weiter fragend schaut, fahre ich fort: „Das ist auch so mit mir im Supermarkt. Da bin ich nur, um mein Leben zu finanzieren. Und heute Abend gehe ich mit dem bisschen Freiheit, das mir bleibt, aus, um zu tanzen."

„Ist das alles?", fragt sie erneut, freundlich und echt interessiert.

„Nein", sage ich. Dabei scheint es nun, als ob wir nur noch vertraut zu zweit reden würden, obwohl alle anderen in der Klasse zuhören: „Das kann nicht alles gewesen sein … ich meine, das Leben. Da muss noch mehr sein."

Frau Schneider nickt. Ohne zu urteilen. Vielleicht lächelt sie auch etwas. So bringt sie uns zum Nachdenken über unser Leben.

Von den beiden Mathestunden danach erinnere ich mich leider an nichts mehr. An gar nichts.

Abdul hat heute die Frühschicht und kann schon am Nachmittag aufbrechen vom Supermarkt. Gerade noch genug Zeit, um einander zu begrüßen. Wie meist drückt er meine Hand, dann zieht er mich ran, sodass sich unsere rechten Schultern kurz berühren. Alles cool und macho, aber auch wieder nicht. Ich spüre seine Wärme und Kraft.

Was spürt er?

Er strahlt wie meist: „Mein älterer Bruder Hassan hat heute seinen Führerschein geschafft. Das wird gefeiert."

„Wo denn?", frage ich freundlich, wohl wissend, dass ich niemals eingeladen werden würde. So nah sind wir uns auch wieder nicht. Hassan habe ich nur zwei oder drei Mal gesehen, als er seinen jüngeren Bruder mit dem Moped abholte.

„Im *Basar*!", antwortet Abdul. Das ist eine Art Lokal in der Nähe der neuen Moschee. „Ich habe alle meine Freunde eingeladen … Hassan hat kaum welche."

Die letzten Worte fallen mir auf, aber ich frage nicht nach. Wieso hat Hassan kaum Freunde? Abdul hängt immer mit mindestens fünf oder sechs seiner Kumpels zusammen. Er hat seinen Kittel schon ausgezogen und die braune Lederjacke übergestreift.

„Salaam!", ruft er vom hinteren Personalausgang und winkt.

„Shalom!", rufe ich und lache. Ich weiß, so was geht zwischen uns. Auch er lacht. Einer seiner Kumpels hat neulich verärgert beim Abschied geschaut und dann so laut gefragt, dass es bis in den Laden zu hören war: „Ist der Jude?" Wobei er das Wort „Jude" so abfällig wie möglich aussprach.

Abduls Antwort verstand ich nicht. Aber er zeigte mir seinen erhobenen Daumen, bevor er die schwere Metalltür von außen zuzog.

Als ich heimkomme, badet Michelle ihren Kleinen in seiner Babywanne. Marco ist immer glücklich im warmen Wasser mit Schaum und Quietsche-Ente und allem. Er quietscht selbst vor Vergnügen. Michelle lässt ihm den Spaß, auch wenn sie danach das ganze Bad wischen muss.

Freitagabend essen wir selten zusammen. Ich ziehe mir was aus dem Kühlschrank. Obst, Joghurt und zwei Scheiben Schinken ohne Brot. Da Marco und Michelle das Badezimmer weiter belegt haben, rasiere ich mich in meinem Zimmer. Im Winter kommen immer diese blöden Pickel zurück. Und ja – auch jetzt schneide ich mich zwei Mal so ungeschickt dabei, dass ich an einer Stelle sogar mit Pflasterspray sprühen muss, um das Blut zu stoppen.

Michelle und Ayşe haben ein Parfum, das auch ich benutze. Sie haben davon eine ganze Ladung irgendwo abgestaubt. Bis jetzt scheint noch niemand bei mir bemerkt zu haben, dass ich eine Frauenmarke benutze.

Die Disko beginnt natürlich erst später, aber meist treffen wir uns von der *Q-Wir* Jugendgruppe schon davor im Café des *mhc*. Manche sind da erst vierzehn oder fünfzehn und müssen vor Mitternacht zu Hause sein. In einem Kellerraum gibt es die *Safe Space*[5] Leute. Da kommt nicht jeder rein, denn das ist zuerst für Flüchtlinge, damit sie sich dort sicher fühlen können. *Safe Space* steht da auch auf Russisch, Arabisch, Englisch und noch zwei Sprachen auf der Tür, die ich aber nicht kenne.

Schon von Weitem sehe ich, dass es voll wird heute Abend. Verschiedene Leute stehen in kleinen Gruppen vorm Eingang und begrüßen einander, obwohl es hundekalt ist draußen.

„He, David“, ruft jemand, und sofort erkenne ich Martin.

Martin ist schon zwei Jahre älter als ich, aber sieht so viel jünger aus. Nicht nur, weil er klein und schmächtig ist. Auch weil er sich immer voll Girlie-mäßig kleidet. Nicht gerade einen Rock oder Pumps, aber doch weite Hosen und wehende Blusen. Seine Winterjacke ist lila. Die Augenbrauen hat er mit Mascara nachgezogen, der Lippenstift ist ein ähnliches Lila wie seine Jacke.

„He, Martin!“, rufe ich zurück. Er ist wirklich mein bester Freund, weil man sich einfach immer auf ihn verlassen kann. Als ich im November die schlimmste Grippe meines Lebens hatte und Michelle mich schon im Barmbeker Krankenhaus abliefern wollte, kam Martin jeden Nachmittag und brachte mir Medikamente und kochte warme Suppen. An manche Nachmittage erinnere ich mich kaum noch, weil ich so hohes Fieber hatte. Als es mir endlich wieder besser ging, dankte ich ihm, aber fragte auch besorgt: „Hast du denn nie Angst gehabt, dich bei mir anzustecken, Martin?“

Er schüttelte nur den Kopf. „Entweder man ist Freund oder man ist es nicht …“ Dann grinste er und fügte hinzu: „Das gilt auch für Freundinnen!“

An diesem Abend steht er mit mehreren von unserer Jugendgruppe ebenfalls noch vor dem Eingang zum *mhc* und hat offensichtlich auf mich gewartet. Nun gehen wir gemeinsam ins Café, wo uns auch andere begrüßen: „Hallo David!“ – „Wie geht's, Martina?“

Alle Tische sind besetzt, also stellen wir uns einfach mit anderen an die Theke. „Auch ein Bier, Martin?“

„Kann ich lieber einen Sekt?“, fragt er augenzwinkernd.

Während wir auf die Getränke warten, sehe ich, wie mehrfach neue Gesichter hereinkommen, aber nicht im Café bleiben, sondern ohne sich umzuschauen direkt zur Treppe in den Keller zum *Safe Space* Raum gehen.

Auch Martin hat eine größere Gruppe bemerkt, die auffällt, weil es offensichtlich überwiegend Afrikanerinnen und Afrikaner sind.

„In einigen Ländern gibt es sogar noch die Todesstrafe für uns“, weiß Martin.

Bevor ich etwas antworten kann, geht die Tür wieder auf. Ein kräftiger junger Mann im Parka kommt herein, der erst drinnen die Kapuze herunterzieht.

Ist er das wirklich?

Der junge Mann sieht sich erst suchend um, entdeckt dann aber das große Schild, das zum *Safe Space* Raum weist, und geht, ohne sich umzuschauen, auf die Kellertreppe zu. Unvermeidlich muss er dabei an Martin und mir vorbei.

Als er nur noch zwei oder drei Meter entfernt ist, schaut er mir wie zufällig direkt ins Gesicht – und stutzt nur kurz, kaum bemerkbar für andere. Ich bin mir nicht sicher, ob er meinen Namen überhaupt kennt. Schließlich bin ich nur einer der vielen Kollegen seines Bruders. Aber ich kenne seinen.

„Glückwunsch zum Führerschein, Hassan!“, sage ich ruhig, aber nicht übertrieben freundlich.

Hassan stutzt erneut. Eine Sekunde scheint er abzuwägen, ob er nicht lieber abhauen sollte. Dann aber nickt er nur kurz und geht ohne ein weiteres Wort die Treppe hinunter.

„Kennst du ihn?", fragt Martin.
„Nicht wirklich ...", gebe ich zurück. Ich will vorerst mit niemandem über Hassan reden. Nicht mal mit Martin.

# Kampala, im Februar

Der erste Horror begann mit Robinson. Heute vermute ich, dass es damals einen Verräter in unserer *SMUG*-Gruppe gegeben haben muss.

Wir fühlten uns wirklich sicher an jenen Samstagnachmittagen. So weit man sich eben sicher fühlen kann, wenn man ein Doppelleben führt. So wie die meisten von uns: Draußen im Leben voll Normalo. Nur nichts anmerken lassen. Nur wenige konnten zumindest daheim ehrlich sein, wie ich bei meiner Mutter.

Samstags trafen wir uns ab drei Uhr in der Sunshine Bar, nicht weit vom Unabhängigkeitspark in nordwestlicher Richtung. Hier konnten wir *kuchu*[6] sein – wir selbst, einfach wunderbar und jung. Niemals waren wir mehr als zehn oder höchstens fünfzehn von uns. Meist dabei Betty, John, Josiah, Pepe, Anne, Julian, ganz am Anfang auch noch Isaac, bevor er dann untertauchte.

Die Besitzerin der Sunshine Bar, Mama Sebuga, ist eine von uns, obwohl sie das niemals öffentlich zugegeben hätte. Vor langer Zeit war sie aus dem Norden Ugandas nach Kampala gekommen. Ihre Familie?

„Mein Mann ist gestorben, und meine Kinder sind groß und selbstständig", hatte sie uns einmal berichtet. „Und das bin ich jetzt auch … ich will keinen Mann mehr. Ich bin mein eigener Mann!" Mit dem Erbe, das ihr Ehemann ihr hinterlassen hatte, eröffnete sie die Bar, nicht weit weg vom schicken Protea Hotel, aus dem die meisten ihrer Kunden kommen. Vor allem Touristen, die etwas „echt Ugandisches" kennenlernen möchten. Und wir eben … meist an Samstagnachmittagen.

Mama Sebuga macht ab drei Uhr immer „Happy Hour" – alle Getränke zum halben Preis. Die Touristen dachten, dass es für sie ist. War aber für uns. Mama Sebuga war auf unserer Seite. Bis zu jenem Samstag Mitte Februar.

Es waren noch nicht einmal alle von uns da. Betty fehlte noch und ja, auf Isaac warteten wir nicht mehr wirklich. Ich hatte Robinson mitgenommen, da er gern mit mir gemütlich durch den Park trottete.

Weil wir auf dem Innenhof im Schatten saßen und alle durcheinander redeten und lachten, bemerkten wir die fünf oder sechs

Schläger erst, als sie schon im Hof mit erhobenen Knüppeln standen und Mama Sebuga schrie: „Raus mit euch! Ich habe die Polizei schon alarmiert! Haut ab! Haut ab!"

In unserer Gruppe war es mit einem Mal todstill. Wir hatten von einem Vorfall vor Weihnachten am Miami Beach gehört, als ältere Schwule dort versucht hatten, eine Party zu veranstalten. Noch vor Mitternacht waren ein paar religiöse Fanatiker erschienen, die alles kurz und klein schlugen. Dabei wurden drei Party-Besucher so schwer verletzt, dass sie ins Krankenhaus gebracht werden mussten. Uns war klar – das hier war Ernst!

Anne, Josiah, Julian, Pepe und ich waren bereits aufgesprungen und hatten jeder einen Stuhl gepackt zur möglichen Selbstverteidigung. An einem Nachbartisch schoben sich zwei junge Frauen, deutlich Touristinnen mit ihren Rucksäcken, dagegen soweit wie möglich aus dem Kampffeld. Einer der Typen schrie: „Ihr Sünder! Ihr Sodomiten! Wir kommen im Auftrag von Gott!"

Womit jedoch niemand gerechnet hatte – mit Robinson! Er hatte sich zuvor unter meinem Tisch zum Schlafen zusammengerollt und wurde nun angesichts des Geschreis langsam wach. Trotz seines hohen Hundealters erfasste er die Situation sofort.

Ohne Vorwarnung kam er unter dem Tisch hervor, schüttelte sich einmal kurz und sprang dann mit wütendem Knurren den Schläger, der mir am nächsten stand, voll an. Robinson biss sich in dessen Arm fest und ließ nicht wieder los. Der Typ schrie wie am Spieß, kurz darauf fiel sein Stock zu Boden. Blut tropfte auf den weiß gefliesten Boden des Innenhofes.

Dann brach das völlige Chaos los: Wir versuchten, uns einen Weg nach draußen zu bahnen, indem wir mit unseren Stühlen um uns schlugen. Anne traf dabei einen der Schläger sogar wunderbar am Kopf. Auch die zwei Touristinnen waren aus der Starre erwacht und warfen mit Blumentöpfen auf die Typen. Mama Sebuga hatte derweil einen Feuerlöscher gepackt und sprühte den Angreifern den Schaum ins Gesicht. Erst jetzt begannen die Männer zurückzuschlagen. Einer traf Robinson so hart am Kopf, dass er jaulend losließ und zu Boden stürzte.

In dem Augenblick waren von der Straße her die Sirenen eines Polizeiautos zu hören. Die Sunshine Bar ist zuerst bekannt als sicherer Treffpunkt für devisenbringende Touristen. Vermutlich auch deshalb war der Notruf von Mama Sebuga sofort erhört worden.

Ich hatte mich inzwischen neben Robinson niedergekniet und erkannte mit Schrecken, wie schwer er verletzt war. Sein Atem ging nur noch schwach. Ein Strom dunklen Blutes lief aus einer klaffenden Wunde an seinem Schädel. Er versuchte, mich anzuschauen. Aber dann verdrehte sich sein Blick – und er hörte auf zu atmen. Vor Wut und Trauer schrie ich so laut auf, dass sogar die gerade hereinstürmenden Polizisten innehielten.

Die Schläger waren inzwischen über die Mauer des Innenhofes getürmt. Nur der mit dem blutenden Arm hatte es nicht geschafft und wurde von der Polizei festgenommen. Von allen anderen, auch von den beiden Touristinnen, wurden die Ausweise kontrolliert und Telefonnummern notiert als mögliche spätere Zeugen. Dann war es plötzlich wieder ganz still im Innenhof der Sunshine Bar.

Mir liefen Tränen übers Gesicht. Ich hatte mich neben Robinson niedergekniet und hielt seinen verletzten Kopf in meinen Händen. Robinsons Herz schlug nicht mehr. Unser guter alter Robinson … Nun waren wir nur noch zu zweit daheim.

„Dein Hund hat uns alle gerettet!", sagte die Kleinere der beiden blonden Touristinnen leise zu mir. Auch sie hatte feuchte Augen.

Mama Sebuga fügte hinzu: „Wir können ihn hier in meinem Garten begraben, David … wenn das für dich und deine Mutter okay ist. Und ein Foto von ihm aufhängen: Er hat alles getan, um uns zu verteidigen."

Ich nickte nur still. Ich musste es später erst noch Mama erzählen.

Beide weinten wir an dem Abend. Robinson hatte zu uns gehört, seit ich klein war. Mama hatte eine Kerze auf den Tisch gestellt und für ihn angezündet. Niemals würden wir ihn vergessen. Und warum er gestorben war.

Der Hass der Fanatiker verfolgte uns aber noch weiter.

Der Schläger, der festgenommen worden war, konnte angeblich glaubhaft nachweisen, dass nicht Touristen bestohlen werden sollten, sondern dass es allein gegen uns gerichtet war, die „Abartigen", die dort einen „geheimen Treffpunkt" gehabt hätten, um unsere „Sünden" auszuleben und „unschuldigen Nachwuchs zu rekrutieren". Sie beriefen sich dabei auf den inzwischen landesweit bekannten Pastor Martin Ssempa[7], der extra eine eigene Kirche gegründet hatte, um „im Auftrag Gottes die Sünder zu bestrafen und notfalls mit Gewalt auf den rechten Weg" zurückzubringen.

Daraufhin kam er frei. Mama Sebuga dagegen erhielt eine Auflage des zuständigen Richters, dass ihre Bar sofort geschlossen werden würde, wenn sie uns „kriminelle Sünder" weiter beherbergen würde. Nur einmal trafen wir uns noch in der Sunshine Bar ein paar Tage später, bewusst nicht an einem Samstagnachmittag. Zur Beerdigung von Robinson.

„*Nsonyiwa* – es tut mir so leid", stammelte Mama Sebuga, nachdem sie uns den Brief des Richters gezeigt hatte. Sie hatte sogar Blumen für das Grab von Robinson besorgt – und alle Getränke waren frei für uns an diesem letzten Nachmittag in der Sunshine Bar. Auch Mama war gekommen.

Bevor wir uns trennten, meinte John: „Wenn meine Eltern meist einmal im Monat im Ausland sind, könnt ihr zu mir nach Hause kommen. Ich sage euch Bescheid."

Und Josiah überlegte: „Vielleicht geht es auch bei uns in der einen leeren Garage. Die hat einen Zugang von der Straße, die nicht vom Wohnzimmer meiner Eltern einsehbar ist. Aber da müssten wir immer leise sein ... und könnten uns nur nach Einbruch der Dunkelheit treffen."

An der Stelle meldete sich Mama und schlug vor: „Das ist alles zu unsicher ... ich will nicht, dass ihr weiter euer Leben riskiert. Nur weil ihr anders seid und euch treffen möchtet. Ab jetzt könnt ihr zu David und mir einmal in der Woche kommen." Das sagte meine Mutter. Die meisten anderen trauten sich nicht mal, überhaupt ehrlich zu ihren eigenen Eltern zu sein.

„Aber lasst uns nicht mehr an Samstagnachmittagen treffen", warnte Julian. „Für den Fall, dass wir beobachtet werden."

„Wie wäre Mittwochabend ab 18 Uhr?", schlug ich vor. Mittwochs kam Mama immer eher von der Arbeit aus dem Krankenhaus.

„Lass uns das später festmachen ...", meinte Julian und schaute dabei jeden von uns lange an. Allen war sofort klar, warum er das tat. War vielleicht doch ein Verräter unter uns, der unseren neuen Treffpunkt sofort wieder an die Polizei oder die Fanatiker von Pastor Ssempa durchgeben würde?

Später an dem Abend bin ich mit Mama allein bei uns. Es fühlt sich immer noch so leer an in der Wohnung ohne Robinson. Wir haben sogar noch seine alte Schlafdecke im Wohnzimmer und seinen Wassernapf neben der Wohnungstür stehen lassen.

Als wir die Vortür abgeschlossen haben, will ich gerade den Fernseher anschalten, um gemeinsam die Abendnachrichten zu sehen. Aber Mama winkt mich in ihr Schlafzimmer und holt etwas aus ihrer Nachttisch-Schublade. Ein kleines Päckchen, in blaues Papier eingewickelt.

„Für dich, mein Junge", sagt sie und drückt es mir einfach in die Hand.

Aufgeregt reiße ich das Papier auf – wow: Ein funkelnagelneues Smartphone!

„Mit Data[8] für mindestens zwei Monate", fügt sie lächelnd hinzu.

Bis dahin hatte ich nur ein ganz altes von Mama, mit dem man einfach nur telefonieren konnte, nichts weiter. Kein Internet, kein Facebook, nichts. Ich kann mein Glück kaum fassen.

Ich umarme sie und sage dann ernst: „*Weebale* – danke, Mama. Aber das war bestimmt tierisch teuer!"

„Ja", sagt sie, „war es. Aber du bist mir das Wertvollste auf der Welt! Und ich will, dass wir uns immer gut erreichen können … immer."

Ich ahnte damals nicht, wie sehr ich dieses Smartphone noch einmal brauchen würde. Nicht nur zum Chatten und all dem. Schlicht zum Überleben.

Ausgerechnet an diesem Abend kommt ein Programm im Fernsehen, in dem unser Präsident Yoweri Museveni[9] verkündet, dass es nicht gut sei, Homosexuelle zu ermorden. Nur wenn sie sich öffentlich äußern würden und „Propaganda verbreiten, um Kinder zu Homosexuellen zu machen" – dann sollten sie mit Gefängnis bestraft werden. Und wenn sie von ihren „abartigen Gelüsten" nicht lassen können, dann gehörten sie lebenslänglich weggesperrt.

Immer wieder dieser Unsinn, dass wir „Propaganda" machen und „unschuldige Kinder missbrauchen". Als könnte man zum Schwul- oder Lesbischsein verführt werden. Oder ob man lieber ein Mädchen oder Junge sein will.

Niemals vergesse ich, wie wunderbar mich Isaac an meinem vierzehnten Geburtstag „verführt" hatte. Es war alles in mir, und er hatte mir nur geholfen, endlich mich selbst zu finden. Das war alles. So einfach. Wenn andere nicht ein Verbrechen daraus machen würden.

Aber so sind die Gesetze bis heute in Uganda. Neu dazugekommen ist, dass nun auch diejenigen, die Homosexuellen erlauben, sich bei ihnen zu treffen, verurteilt werden können mit bis zu sieben Jahren Gefängnis.

So wie Mama Sebuga all die letzten Monate. Oder jetzt meine Mama?

Wir schauen einander ernst an.

„Du bist mein Sohn, David, und wirst es immer bleiben." Mama hat meine Hand genommen. „Und zwar so, wie Gott dich geschaffen hat."

Dann versucht sie ein Lächeln: „Deine Freunde können sich bei uns treffen. Punkt. Das wäre ja noch schöner ..."

Mama schaltet resolut den Fernseher ab, steht vom Sofa auf und ruft: „Jetzt erst mal viel Spaß mit deinem neuen Smartphone, David. Ich weiß selbst nicht genau, was man damit alles machen kann. Aber der Verkäufer sagte: Alles!"

Gibt es noch mehr als „alles"? Es ist in dieser Nacht, dass ich, David Kutala, endlich, mit sechzehn Jahren die Welt von *WhatsApp* und *Facebook* entdecke. Ich mache kein Auge zu in dieser Nacht.

# Hamburg, noch immer Februar

Ob mein netter Macho-Kollege Abdul weiß, dass sein älterer Bruder Hassan anders ist als er selbst? Deutlich war Hassans Unsicherheit beim Reinkommen ins *mhc*-Café zu spüren. Aber immerhin ist er nicht gleich wieder abgehauen – und er hat mir zugenickt.

Bevor Martin weiter fragen kann, spreche ich ihn auf sein für heute geplantes Blind Date an: „Was weißte denn über deinen Traum für eine Nacht?"

Sofort schaltet Martin um: „Er sieht wunderbar aus, ist zwanzig und wartet nur auf mich …" Dann zieht er zweifelnd die Augenbrauen hoch: „Na ja, das hat er zumindest bei *Planet Romeo* geschrieben … sein Profilname da: *Traummann*!"

„Nicht gerade bescheiden", grinse ich zurück.

Aber ich habe es gerade nötig zu lästern.

Schon drei Mal habe ich versucht, mich mit Typen, die ich über die Internetplattform für schwule Partnersuche *Planet Romeo* kontaktet hatte, hier zu treffen, und nicht einmal hat es gefunkt. Der erste Junge, Profilname *Für immer treu*, kam überhaupt nicht. Ich stand mir bis nach Mitternacht die Beine umsonst in den Bauch.

Vier Wochen später: Nummer zwei *Muskeltyp* war noch dünner als ich, aber erschien immerhin pünktlich. Er hieß Michael und war schon um die vierzig, obwohl er sein Alter in der Kategorie 20–25 angegeben hatte. Eigentlich war er nett, eben nur nicht 20–25 … und ich suchte doch jemand ungefähr in meinem Alter oder etwas älter. Aber nicht mehr als zwanzig Jahre. Der hätte ja mein Vater sein können. „Manche stehen doch auf Daddy-Typen", erklärte Michael, als er mein Zögern bemerkte.

„Aber warum hast du dann nicht einfach dein wahres Alter angegeben?", fragte ich nach. Doch da zuckte er bloß mit den Schultern.

Michael hat dann noch dreimal Bier für uns spendiert, und irgendwie blieben wir hängen bis fast zum Schluss. Er berichtete, dass er über zehn Jahre in Saudi-Arabien als Ingenieur gearbeitet habe. „Da gibt es noch die Todesstrafe für Schwule", sagte er und erzählte, wie er trotzdem ab und zu anonymen Sex mit arabischen Männern hatte – unter anderem scheint es da eine Herrentoilette auf dem King Khalid Flughafen in der Nähe der Hauptstadt Riad zu geben, die natürlich nur Eingeweihten bekannt ist. Jedoch absolut nur für Sex. Keine Worte, keine Namen.

Ich fand es spannend, ihm zuzuhören. Trotzdem gab ich ihm dann doch nicht meine Handynummer, als wir uns am frühen Morgen trennten.

Beim dritten Mal wollte ich klüger sein. Ich blieb in der Sparte *Beziehung*, aber bestand auf einem Foto. Von mir hatte ich eines gepostet, das Martin am Ende des letzten Sommers im Freibad aufgenommen hatte. Ich war gut braun geworden und lehnte an der Treppe zum Zehn-Meter-Turm. Natürlich würde ich auf Nachfrage zugeben, dass ich von dem noch nie gesprungen bin. Aber ich hatte immerhin ein paar Muskeln vom wöchentlichen Training in unserem Hallenbad bekommen, die Martin gut getroffen hatte. Dann fiel ich fast um, als der andere Typ, Profilname *Only you*, eines von sich schickte: Der absolute Hammer – Oberarme wie Abdul und ein Lächeln wie Justin Bieber.

Es machte auch nichts, dass er fast eine Stunde zu spät war. Martin stieß mich an, als ein blonder kräftiger Typ hereinkam, der auffallend gut aussah – und zu dem nicht nur ich mich umdrehte. „Das muss er sein", zischte mir Martin ins Ohr. Warum sollte nicht auch ich mal Glück haben?

Mutig ging ich direkt auf ihn zu, versuchte, so cool wie möglich zu lächeln, und fragte: „Only you?" Wer immer er war – jedenfalls nicht der mit dem geilen Foto. Er schaute mich nur genervt an und entgegnete: „Hä? Ich spreche kein Englisch, Mann!" Offensichtlich war er gewöhnt, Leute abzuweisen, die sich unter komischen Vorwänden an ihn ranmachten. Alles war mir so peinlich, dass ich sofort nach Hause ging – und bis heute nicht weiß, ob *Only you* vielleicht noch später gekommen ist.

Heute Abend nun wartet Martin auf seinen *Traummann*.

„Aus der Kategorie *Sex*", fügt er hinzu. „Das Ding mit *Beziehung* bekommt man sowieso erst später heraus." Dabei lässt er die Eingangstür nicht aus dem Auge.

Als es mir langweilig zu werden beginnt, beschließe ich, hinunter zu den Klos zu gehen. Dabei komme ich auch an dem Raum der *Safe Space* Leute vorbei. Es ist gut voll auch hier – und unwillkürlich schaue ich nach Hassan, kann ihn aber nicht finden in dem

Gewühl. Die Leute hier stehen in verschiedenen Gruppen zusammen. Alle Hautfarben, alle Sprachen, Frauen und Männer durcheinander … die meisten eher jung. Über den Lautsprecher dröhnt irgendeine orientalische Musik.

Bevor ich ihn auf mich zukommen sehe, steht er plötzlich neben mir.

„Ich kenne dich, David", sagt Hassan mit ernstem Gesicht. Es klingt wie eine Anklage. „Abdul hat mir von dir erzählt."

Was bloß?

Trotzdem bleibe ich freundlich und antworte: „Ja, du bist Abduls älterer Bruder, nicht?"

Hassan nickt. Dann schaut er mich aufmerksam an und fragt schließlich: „Ich will weg von hier. Zu viel Lärm. Zu viel Menschen. Ich gehe zum U-Bahnhof Borgweg … kommst du mit?"

Seine Einladung überrascht mich. Aber sie hat etwas Eindringliches, das mich fasziniert. Und er ist Abduls Bruder, da brauche ich keine Angst zu haben.

„Ich dachte, ihr wolltet heute deinen Führerschein feiern?", frage ich, um etwas Leichtes zu sagen.

Hassans Blick verdunkelt sich jedoch noch mehr: „Mein junger Bruder hat eine gute Seele, aber er folgt nicht mehr unseren Gesetzen. Da wurde Bier getrunken und sogar Schnaps. Das kann ich nicht. Weißt du, was Abdul bedeutet? Sein Name kommt von *Abdullah* – ein Diener Gottes. Das ist er aber nicht mehr."

Hassans Deutsch hat einen leicht arabischen Akzent. Abdul dagegen spricht perfekt deutsch – er kann sogar Hamburger Dialekt. Ich bin erstaunt, dass Hassan islamische Gesetze preist, die ihn als schwulen Mann doch strengstens verurteilen. Da will ich mehr von ihm hören.

Erst jedoch hole ich mir meine warme Jacke von der Garderobe. Hassan hat seinen dicken Parka die ganze Zeit anbehalten.

Als wir wieder oben sind, möchte ich nur eben Martin Bescheid sagen. Aber er steht nicht mehr an der Theke im Café. Erst jetzt sehe ich ihn an einem der hinteren Tische sitzen – mit einem ebenso kleinen, etwas pummeligen Jungen. Sie halten einander an der Hand. Das muss der *Traummann* sein!

„Das ist Chris", stellt ihn Martin mir vor.

„Hallo", sagt Chris schüchtern, aber wendet dabei kaum seinen Blick von Martin. Bei manchen scheint *Planet Romeo* doch zu funktionieren.

Hassan ist schon vorausgegangen und hat wieder seine Kapuze übergezogen.

„Bis morgen!“ rufe ich den beiden zu und laufe Hassan hinterher. Martin schaut etwas besorgt. Aber ich werde ihm später alles berichten.

Als wir bei der U-Bahn ankommen, ist ein Zug Richtung Hauptbahnhof gerade abgefahren. Um die Zeit fahren sie nur noch alle halbe Stunde.

„Komm!“, sagt Hassan. Er kennt ein türkisches Lokal in der Nähe und bestellt uns beiden Tee. Normalerweise laufe ich anderen Leuten nicht einfach hinterher. Bei Hassan ist etwas anders. Ich weiß noch nicht, was.

Erst sitzen wir nur da und schweigen. Der heiße Tee tut gut. „Wo bist du geboren, Hassan?“, frage ich ihn. Vermutlich möchte er etwas teilen über seine Herkunft.

Er rückt dichter heran und achtet darauf, dass die wenigen anderen Gäste weit genug weg sind, um uns nicht verstehen zu können.

„Hast du schon mal von Kazerun gehört?“

Worauf will er hinaus? Ich antworte nicht, sondern schaue ihn nur aufmerksam an.

Ab nun sprudelt es nur so aus ihm heraus: „Da kommt unsere Familie her, da ging ich noch zur Grundschule. Ich spreche perfekt Arabisch und *farsi* – Abul kann nur Deutsch. Kazerun ist eine mehr als zweitausend Jahre alte Stadt, nur ein paar Kilometer vom Persischen Golf. An der alten Handelsstraße nach Schiras.“

Ich höre einfach nur weiter zu.

„Aus Schiras stammt der berühmte persische Dichter Hafis[10]. Der war sogar ein Vorbild für euren Goethe. Und ich glaube, der war so wie ich.“ Hassan teilt mit mir so viel Unbekanntes. Es ist spannend, ihm zuzuhören.

Er zieht ein kleines Buch in arabischer Schrift hervor. Er schlägt es auf, sucht einen Moment. Dann hat er die Stelle gefunden. Erst liest er einen Satz auf Arabisch. Dann zeigt er mir die deutsche Übersetzung: *„Das Auge des Geliebten, das da spielt und blitzt. In seinem zauberischen Zwinkern ruht mein Wesen.“*

Erwartungsvoll schaut Hassan mich an: „Verstehst du, David? Hafis, ein Mann, sagt von einem anderen Mann: *In deinen Augen ruht mein Wesen.*“

Dabei hat Hassan seine kräftige behaarte Hand auf meine gelegt. Er vertraut mir. Er weiß so viel. Jedoch kaum jemand scheint ihm bisher zugehört zu haben.

„Klingt schön", entgegne ich endlich und meine es genau so.

Erst jetzt bemerke ich, dass dieser große kräftige Mann neben mir Tränen in den Augen hat. Er, von dem sein Bruder Abdul sagt, dass er kaum Freunde hat.

„Weiß Abdul, dass du schwul bist?", frage ich ihn leise.

Ebenso leise entgegnet er: „Nein, er weiß nichts. Ich bin auch nicht schwul, wie ihr hier sagt – ich liebe einfach nur Männer."

Langsam kommen wir in die Realität dieses kleinen verrauchten türkischen Lokals zurück.

„Ich werde Abdul kein Wort sagen", versichere ich ihm.

„*Shukran* – danke, dass ich dir vertrauen kann, David", antwortet Hassan.

Er winkt dem Kellner zu, dass er bezahlen möchte. Erneut begleite ich ihn zur Station. Als die Bahn einfährt, umarmt er mich kurz und sagte dabei in mein Ohr: „In Kazerun wurde letzten Monat ein Mann öffentlich erhängt. Weil er einen jüngeren Mann liebte."[11]

Dann steigt er in die Bahn und schaut mich noch durch die Scheibe von seinem Sitzplatz an, bis der abfahrende Zug unsere Blicke trennt.

# Kampala, im März

Seit Mama mir das edle Smartphone geschenkt hat, gibt es eine neue Welt für mich. Klar wusste ich auch früher, dass es sexuelle Minderheiten überall auf der Welt gibt. Aber das war mehr eine Hoffnung, mehr wie ein fester Glaube, damit wir uns nicht unterkriegen lassen. Ich glaubte daran, dass wir paar Mutigen, die sich in Mama Sebugas Sunshine Bar getroffen hatten, doch nicht die Einzigen sein konnten. Es musste viel mehr geben – in Kampala, in Uganda, in Afrika, auf der ganzen Welt.

Irgendwo hatte ich gelesen, dass etwa drei bis vier Prozent in jeder Bevölkerung lesbisch oder schwul sind, die anderen sexuellen Minderheiten noch nicht mal mitgerechnet. In Uganda leben heute rund 40 Millionen Menschen. Also gibt es über eine Million Menschen allein bei uns in Uganda, die so fühlen wie wir. Und bisher kannte ich nicht mehr als zwanzig, der seit Längerem verschwundene Isaac mitgezählt.

Wir hatten schon länger gehört von einer landesweiten Organisation für sexuelle Minderheiten, Abkürzung *SMUG*[12]. Jetzt konnte ich deren Website googeln – und lesen, dass wir nicht die Ersten sind, die den Mund aufmachen und sich nicht mehr nur verstecken wollen.

Meine erste Mail an diese Organisation war wegen Isaac: Ob jemand einen jungen Mann mit diesem Namen kennt?

Die Antwort war zwar freundlich geschrieben, aber vom Inhalt eher enttäuschend: „Danke für die Anfrage, David. Aber wenn jemand sich versteckt, gebraucht er meist nicht seinen richtigen Namen. Und leider ist unser letztes Büro gerade von der Polizei geschlossen worden. Aber wir geben nicht auf. Du bitte auch nicht, ja?"

Schließlich bekam ich Mama dazu, bei Isaacs Mutter anzurufen. Die war, bevor Isaac sich geoutet hatte, eigentlich immer ganz nett gewesen. Jedenfalls nicht so fanatisch wie ihr Mann. Mama hatte den Knopf zum Mithören gedrückt.

„Hallo?" – die Stimme von Isaacs Mutter.

„Ja, hier ist die Mutter von David. Wie geht es Ihnen?"

„Danke, gut."

„Wir wollten eigentlich nur mal hören, wie es Isaac geht. Wir haben so lange nichts mehr von ihm gehört. Ist er noch auf dem College?"

Eine lange Pause. Dann nach einem tiefen Luftholen: „Wissen Sie es denn nicht? Isaac ist ein Krimineller geworden. Er hat solche Schande über unsere Familie gebracht …"

„O Gott, was hat er denn getan?" Mama stellte sich bewusst naiv.

„Darüber kann ich am Telefon nichts sagen. Es ist so schlimm. Er ist verschwunden."

„O Gott", entgegnete Mama erneut und schaute mich fragend an.

Aber ich wusste auch nicht weiter. Mama wünschte dann noch viel Kraft und alles Gute und legte auf. Der arme Isaac.

Zwei Tage später kam Pepe plötzlich noch abends vorbei und klingelte Sturm. Pepe ist ein Transmann, der als Mädchen geboren wurde, aber sich schon immer wie ein Junge fühlte. Als er das erste Mal zu uns kam, hieß er noch Petra. Aber schon bald wurde sie zu Pepe und trug auch nur noch Hosen und Männerstiefel.

Ohne mich zu grüßen, rannte er voraus ins Wohnzimmer und warf die aktuelle Wochen-Ausgabe der *Rolling Stone* Zeitung[13] auf den Tisch.

„Die sind jetzt völlig verrückt geworden!", rief Pepe und zeigte auf die balkengroße Überschrift auf der ersten Seite: *HOMO TERRORISTEN: SELBSTMORD-ATTACKE IM FUSSBALLSTADION.*

In aller Eile überflog ich den kurzen Text. Angeblich gäbe es deutliche Hinweise, dass die Attentäter sich in die Luft sprengten, weil sie als „Homos doch nichts zu verlieren hätten" und „voller Hass auf die normale Bevölkerung" seien.

„Und jetzt?", rief auch ich erschrocken.

„Vergiss mal, dass wir uns vorläufig auch nur irgendwo mit einer Regenbogenflagge sehen lassen können …"

Ich hatte in verschiedenen Nachrichten auf *Facebook* davon gelesen, dass im nächsten Jahr vielleicht sogar eine erste Gay-Pride-Demo im Zentrum von Kampala stattfinden sollte.

„Vergiss es echt!", meinte Pepe ernst. „Wir haben Glück, wenn es die nächsten Tage nicht Demos gegen Lesben und Schwule hier gibt …"

Aber wir hatten kein Glück.

Bereits einen Tag später waren einige tausend „gute Christen" auf den Beinen und marschierten durchs Stadtzentrum. Pepe, Anne, Julian, Mama und ich sahen es in den Abendnachrichten und konnten hören, wie die Leute brüllten: „Tod den Homo-Mördern!" – „Keine Homos in Afrika!" und „Rettet die afrikanischen Traditionen!"

Plötzlich packte mich Mama am Arm und zeigte auf den Fernsehschirm: „Schau mal – der da! Das ist unser Pastor Patrick!" Auch Pastor Patrick schrie mit, aber wir konnten es nicht genau verstehen, da die Stimme des Kommentators die Sprechchöre übertönte.

Wir kannten ihn als einen eher bedächtigen Mann, ganz anders als der irre Pastor Ssempa. Mutter ging mindestens einmal im Monat an einem Sonntag in seinen Gottesdienst. Zu seiner Kirche konnte man von uns zu Fuß gehen.

„Das dürfen wir nicht einfach hinnehmen", meinte Mama. „Ich muss ihn sprechen, gleich morgen nach meiner Arbeit. Wer kommt mit?"

Na klar, wir alle.

Am nächsten Abend haben wir uns auf Mamas Bitte hin alle besonders gut angezogen. Als ob heute schon Sonntag wäre. Sogar Pepe hat seine Soldatenstiefel gegen glänzend geputzte, schwarze Halbschuhe getauscht. Schon in der Mittagspause hat Mama uns telefonisch bei ihm angemeldet, damit wir nicht überraschend kämen.

Tatsächlich öffnet er persönlich die Tür zu seinem Büro, zu dem man direkt vom Kirchgarten aus gehen kann.

„Schwester Patience!", strahlt er, als er Mutter sieht. „Und Sie haben noch mehr Mitglieder der Familie mitgebracht – seid alle willkommen!"

Ahnt er wirklich nichts? Julian hat zwar nur zartrosa Lippenstift aufgemalt. Aber es fällt auf. Und dass Pepe noch immer auch die breiten Hüften eines Mädchens hat, ist ebenso unübersehbar. Egal, der Pastor lässt sich nichts anmerken.

Zuerst geht es nur hin und her über allgemeine Dinge, die Gesundheit, das Wetter. So gehört es sich. Dann aber kommt Mama auf den Punkt: „Vater Patrick … wir sahen Sie gestern Abend in den Nachrichten …"

Er beugt sich hinter seinem Schreibtisch stolz zu uns herüber: „O ja, das war einfach meine Pflicht. Wir müssen diese Verirrten retten, bevor sie auch noch unsere Kinder gefährden!"

Mama versucht, ihre Fassung zu bewahren. Auch sie sitzt nun auf der Kante ihres Stuhls und entgegnet eindringlich: „Vater, Sie wissen, dass David mein einziges Kind ist. Sie und diese Demonstranten gefährden mit Ihrem Hass auf Homos das Leben meines Sohnes!"

Pastor Patrick scheint ehrlich überrascht: „*Wangi* – was, Ihr David? Das ist unmöglich. Sie haben ihn doch normal erzogen, Schwester Patience!"

Aber Mama gibt nicht auf: „Mein David ist normal. Er ist ein normaler Homo. Er isst und schläft und lernt wie jeder Mensch. Und er ist mein Sohn ..."

Erst langsam scheint es zu Pastor Patrick durchzudringen. Er ist nicht von der brutalen Sorte, sondern von der erbarmungslos verständnisvollen. Was es nicht leichter macht.

„Ihr habt ein gutes Herz, Schwester, aber auch Ihr seid verwirrt", antwortet er geduldig. „Vielleicht war es der Teufel, der Ihren Sohn vom rechten Tun abbrachte. Gott schuf Mann und Frau zum Zweck der heiligen Ehe. Alles andere ist eine Verirrung, eine Krankheit, ist Gewalt gegen die göttliche Natur."

Es ist nicht zum Aushalten. Julian und ich springen gleichzeitig auf.

„Wir sind nicht verwirrt. Gott hat uns so geschaffen", ruft Julian. Und auch meine Stimme ist lauter, als ich eigentlich will: „Wir haben es nicht frei gewählt, wir sind so, schon immer. Von Geburt an!"

Bei meinen Worten haben sich alle erhoben. Mama schüttelt nur betrübt den Kopf und geht als Erste aus dem Büro, ohne ein weiteres Wort.

Hinter uns hören wir die mitleidige Stimme von Pastor Patrick: „Ihr armen Kinder ... der Teufel hat euch fest im Griff!"

Daheim stehen schon die anderen vor der Tür. Wir sind doch beim Mittwochabend als neuem Termin für unsere Gruppe geblieben. Jeder hat was zum Essen und Trinken mitgebracht.

Anne hat Gay-Pride-Musik aus anderen Ländern für uns auf ihren Lautsprecher geladen. „We will survive!", quakt die berühmte amerikanische Sängerin Gloria Gaynor aus Annes Kiste, und wir singen mit. „Nicht so laut", meint Pepe besorgt. Aber Mama sagt nichts, sondern schließt nur ein Fenster zum Garten.

Josiah bringt eine herrliche Tuntenversion von Pastor Patrick, indem er mit hoher Stimme dessen Worte wiederholt: „Ihr armen Verwirrten und Verirrten!" Dann benutzt er plötzlich wieder seine normale tiefe Jungenstimme: „Ihr wunderbar Verrückten und herrlich Abgedrehten!"

Josiah ist bühnenreif. Wir halten uns die Bäuche vor Lachen. Erst nach 22 Uhr erinnert uns Mama daran, dass mehrere von uns morgen früh rausmüssen. Sie fügt hinzu: „Ich auch, Kinder!"

Ein paar umarmen meine Mutter zum Abschied auf dem Flur. Kaum jemand kann daheim ehrlich sagen, wo sie waren. Hausaufgaben bei einem Freund. Beim Sport. Tanzverein. Nichts davon stimmt. Wir waren zusammen, um uns gegenseitig zu ermutigen, nicht aufzugeben.

„We will survive!" ist eine Hymne für uns. Ich bin so stolz auf Mama.

Als alle weg sind und auch Mama schon die Tür zum Schlafzimmer geschlossen hat, bin ich noch lange mit meinem Smartphone zugange. Julian hat mir erst letzte Woche die Plattform *Planet Romeo* gezeigt. Da suchen Jungs und Männer aus aller Welt Kontakte zu anderen, die auch schwul sind. Angeblich sind da fast zwei Millionen Benutzer weltweit registriert.

Auch ich erstelle mir noch in dieser Nacht ein Profil. Man kann verschiedene Rubriken bei der Suche angeben: *Chat, Freunde, Beziehung, Sex, Arbeit* oder *Nix*. Ich zögere eine Weile. Was will ich? Alles ist noch so neu.

Ich weiß es selbst nicht genau. Sex habe ich manchmal mit Julian. Ohne große Liebe, einfach zum Entspannen. Auch er zum Glück unkompliziert. Meist bei ihm in einem Gartenschuppen, der schon ewig leer steht. Und gute Freundinnen und Freunde habe ich in unserer Gruppe.

Schließlich klicke ich bei *Chat*. Ich würde gern reden mit anderen Leuten in meinem Alter. Vielleicht aus Ländern, wo man keine Angst haben muss. Wie das da ist. War es dort schon immer so? Und wie wir es bei uns auch mal erreichen können.

Als Profilnamen gebe ich ein: *Freedom Fighter 1*. Der ist jedoch schon vergeben. Auch *Freedom Fighter 2* und 3. Also werde ich *Freedom Fighter 4*.

Gut zu wissen, dass ich nicht der Einzige bin.

# Hamburg, im April

Seit Februar ist viel geschehen. Überwiegend Gutes.

Es gab sogar schon ein paar richtig milde Frühlingstage. Die ersten warmen Sonnenstrahlen tun gut nach dem langen kalten Winter.

Morgens ist jetzt schon immer Licht, wenn ich wach werde.

Hassan ist inzwischen ein echter Freund geworden, obwohl er einige Jahre älter ist als ich. Im Sommer wird er fünfundzwanzig. Seit er den Führerschein hat, konnte er Arbeit finden als Taxifahrer bei einem kleinen Betrieb am Hafen. Sein Traum ist, irgendwann ein eigenes Taxi zu haben und selbstständig zu sein.

„Ich finde, du solltest dein Abi hier nachmachen und irgendwann studieren", entgegne ich, als er es mir das erste Mal erzählt. Ich klinge jetzt beinahe wie meine ältere Schwester Michelle. Aber Hassan hat eindeutig das Zeug zu einem Lehrer oder gar Professor. In jeder freien Minute liest er dicke Bücher. Manchmal erzählt er mir dann davon, weil ich selbst nicht so gern lese.

Zum Beispiel, warum es Hunger in der Welt gibt. Obwohl eigentlich genug Nahrung für alle da ist. Und warum immer mehr Menschen flüchten müssen wegen des Klimawandels und dass jetzt etwas dagegen getan werden muss. Oder warum Staaten sich bekämpfen und Kriege führen, obwohl schon Kinder lernen sollen, Konflikte ohne Gewalt zu lösen und sich zu vertragen. Oder warum manche Minderheiten verfolgt werden, obwohl sie niemandem etwas zuleide tun.

Solche Bücher. Manchmal reden wir dann stundenlang darüber. Ich bin froh, dass Hassan und ich Freunde geworden sind.

Auch sein jüngerer Bruder Abdul findet es gut. Letzte Woche überraschte er mich im Supermarkt, als er direkt sagte: „Weißt du, David, bei uns benutzt man das Wort *schwul* nur als Schimpfwort. So wie das bei euch hier in Deutschland auch früher war. Aber wenn du und Hassan andere Männer lieben, ist das für mich okay. Seit Hassan dich kennt, ist er richtig aufgeblüht und redet auch mehr mit mir ..."

Und mit einem Grinsen fügte er hinzu: „Meine bescheuerten Freunde werden das auch irgendwann kapieren!"

Seit Kurzem gehen Hassan und ich jeden Mittwochabend zur *Safe Space* Gruppe ins *mhc*. Die meisten anderen da sind aus arabischen, afrikanischen und osteuropäischen Ländern. Letzte Woche kamen auch erstmals zwei Männer, die vor den Mordaktionen in Tschetschenien fliehen konnten. Aber ein paar sind auch Deutsche wie ich.

Geleitet werden die *Safe Space* Treffen meist von Leila, einer jungen lesbischen Frau aus Ägypten. So steht es im *mhc*-Programmheft. Leila? So heißt doch auch die Kollegin von Michelle in der Farbenfirma, denke ich spontan, als ich es lese.

Erst habe ich sie nicht wiedererkannt. Das einzige Mal, als sie Michelle daheim besuchte und auch wir uns kurz gesehen hatten, trug sie noch ein Kopftuch und einen langen dunklen Rock. Nun hat sie kurze Haare, die sogar an einer Seite blau gefärbt sind, und trägt enge Jeans und einen weiten rosa Pullover.

Sie lacht, als sie mich das erste Mal hier trifft: „Du hast dich gar nicht verändert, David!"

„Langweilig?", entgegne ich ebenfalls lachend.

„Ja", meint sie freundlich. „Ich werde Michelle raten, dir zumindest zu zeigen, wie man Haare färben kann."

Hassan reagiert kritisch, als ich ihm Leila vorstelle.

„Schwester", spricht er sie ernst an. Wegen mir reden beide auf Deutsch. „Warum bleibst du nicht unseren Traditionen treu? Du könntest ein Vorbild sein als Lesbe mit Kopftuch für andere Mädchen aus Ägypten."

Leila reagiert ebenfalls ernst, aber nicht verärgert: „Hassan, ich habe früher mit Überzeugung das Kopftuch getragen. Meine Mutter geht bis heute nur verschleiert aus dem Haus, auch hier in Hamburg, und wird dafür von vielen angefeindet. Ich möchte jetzt erproben, wie es sich anfühlt, mich so zu zeigen, wie ich mich selbst am schönsten finde. Das habe ich noch nie zuvor gemacht."

„Und, fühlt es sich gut an?", fragt Hassan mit echtem Interesse.

„Ich bin noch nicht sicher. Ich probiere noch …", antwortet Leila schlicht.

Als ich abends Michelle von Leila erzähle, ist sie nur froh: „Wunderbar! Ich freue mich so für sie. Als wir uns im Betrieb kennenlernten, war sie nur schüchtern und traute sich kaum, den Mund aufzumachen. Jetzt widersprechen wir zusammen dem Chef, wenn's sein muss!"

Wir nehmen uns vor, Leila und Hassan am nächsten Sonntag zu uns einzuladen.

Am Samstag backen Michelle und ich einen riesigen Apfelkuchen. Auch Marco hilft begeistert mit und hat schon überall Teig im Gesicht. Abends hängen wir zu dritt vorm Fernseher und schauen uns einen alten amerikanischen Spielfilm mit Judy Garland an. Bei ihrem Song *Somewhere over the rainbow* singen Michelle und ich laut mit. Marco ist inzwischen neben mir auf dem Sofa eingeschlafen und schnarcht wunderbar entspannt trotz unseres Lärms vor sich hin.

„Wenn das keine gelungene Regenbogen-Familie ist", meint Michelle grinsend zu mir, bevor auch wir ins Bett fallen.

Es geht uns einfach gut zusammen, ist mein letzter Gedanke vorm Einschlafen. Sicher, wenn ich daran denke, wie Samstagabende oft im Streit unserer Eltern vergingen, als wir noch klein waren.

Sonntagfrüh lädt Michelle noch ihre beste Freundin Ayşe ein – und ich Martin und seine neue Flamme Chris. Leila hat orientalisches Gebäck dabei, und Hassan holt eine Tüte mit frischen Pfefferminztee-Blättern aus seiner Tasche. Martin und Chris haben sich richtig in Schale geworfen und sogar einen Schlips umgebunden. Obwohl Martin dünn ist und Chris eher rundlich, wirken sie nach der kurzen Zeit schon wie ein Zwillingspaar. „Echt mein Traummann", meint Martin strahlend, als wir den Kuchen in der Küche zusammen aufschneiden.

Der kleine Marco freut sich immer, wenn Besuch kommt – und klettert sofort bei Hassan auf den Schoß. Dort bleibt er auch sitzen, als die gefüllten Kuchenteller kommen. Er genießt es, wie Hassan ihn mit kleinen Stücken füttert.

Ayşe lobt unseren Kuchen und sagt: „Können wir das nicht regelmäßig machen – Sonntagnachmittag bei euch?"

„Hilfe!", ruft Michelle. „Dann will Marco auch, dass wir jeden Samstag Kuchen backen." In der Tat nickt Marco begeistert. Sein Mund ist voll mit Apfelkuchen.

Leila berichtet dann von einigen Anfragen, die über *Facebook* die letzten Tage an die *Safe Space* Gruppe hereingekommen sind: „In Moskau ist ein Treffpunkt lesbischer Frauen von rechtsextremen Gewalttätern überfallen und kaputtgeschlagen worden. In Kairo wurden fünf junge Männer verhaftet und gefoltert, weil sie angeblich eine Sexparty veranstaltet hatten … zwei sind freigekommen und bitten um Asyl in Deutschland."

Chris hat bisher nur still zugehört und macht einen Vorschlag: „Wie wäre es, wenn wir Geld für sie sammeln, damit sie nach Hamburg fliegen können?"

„Wenn das so leicht ginge, Chris", erklärt Leila traurig. „Erst müssten sie entweder ein Visum für Deutschland beantragen, was ausgeschlossen ist, wenn gegen sie eine Anzeige läuft. Oder sie müssten selbst aus Ägypten flüchten und in einem Land Europas um Asyl bitten."

„Aber wie sollen sie denn nach Europa kommen?", hakt Martin nach. „Mit einem Schlauchboot?"

Leila bleibt ernst: „Manche versuchen es … allein letztes Jahr sind über zweitausend Kinder, Frauen und Männer[14] genau dabei im Mittelmeer ertrunken."

Hassan hat Leila aufmerksam zugehört. Sie sind sich eindeutig näher gekommen. Anerkennend nickt er ihr zu: „David und ich wollen auch bei eurer *Safe Space* Gruppe mitmachen. Ich kenne einen Freund in Teheran, der dort von der Geheimpolizei vergewaltigt wurde. Said lebt seitdem in einem Versteck. Aber wir halten Kontakt … und vielleicht können wir ihm helfen, doch aus dem Iran herauszukommen."

„Kennst du Mustafa aus unserer Hamburger Gruppe?", fragt Leila nach. „Er kommt auch aus Teheran, aber war eine Weile krank. Nächste Woche müsste er wieder dabei sein."

„Noch nicht", antwortet Hassan. „Na ja, in Teheran wohnen aber auch über dreizehn Millionen Menschen. Aber ich würde Mustafa gern treffen nächste Woche."

Zu mir sagt Hassan später leise in der Küche: „Eine wunderschöne iranische Prinzessin hieß auch Leila … jedoch endete sie schrecklich. Aber unsere Leila hat ein ähnlich schönes Lächeln wie die Prinzessin[15]…"

Hassan überrascht mich immer wieder. Er hat Augen für alles Schöne: Schöne Gedichte, schöne Frauen. Nicht nur schöne Männer.

Michelles beste Freundin Ayşe hat bisher kaum etwas gesagt. Ihre Familie stammt aus der Türkei, aber sie ist in Hamburg geboren. „Bei uns wird auch nicht gut und schon gar nicht offen über Homosexuelle geredet", sagt sie später am Nachmittag. „Aber soweit ich weiß, werden gleichgeschlechtliche Beziehungen nicht durch

Gesetze bestraft."[16] Für den Sommer plant sie mit Michelle und dem kleinen Marco einen Badeurlaub in Antalya, wo sie noch eine Oma hat. „Eine ganz nette!", fügt sie hinzu.

In jedem Fall hat Leilas *Safe Space* Gruppe heute einige neue Mitglieder gewonnen. Wenig später brechen die meisten auf.

„War gut!", meint Hassan und redet vor dem Abschied noch länger mit Leila auf Arabisch.

„Chris übernachtet jetzt jedes Wochenende bei mir", flüstert mir Martin ins Ohr, bevor beide aufbrechen. Lange habe ich ihn nicht so zufrieden erlebt. Es lebe *Planet Romeo.*

Als Marco schon in seinem Bettchen liegt und Michelle noch weiter mit Ayşe in der Küche über ihren Türkei-Urlaub redet, bin ich in meinem Zimmer hinterm Laptop verschwunden, um herauszufinden, ob es auch bei *Planet Romeo* junge Schwule gibt aus Ländern, in denen es gefährlich ist, jung und schwul zu sein.

Wohl nicht in den Rubriken *Sex* oder *Beziehung*, aber vielleicht beim *Chatten*? Einen neuen Profilnamen dafür muss ich mir erst noch ausdenken.

# Kampala, Anfang Mai

Seit Februar ist viel geschehen. Gutes und Schlimmes. Aber ich bin vorerst nicht bereit aufzugeben oder abzuhauen. Wohin denn auch?

Die meisten von uns hatten lange das Gefühl, dass nach dem Überfall auf Mama Sebugas Sunshine Bar sich die Lage doch erst mal wieder beruhigt hätte. Frank[17], der landesweite Direktor von *SMUG*, hatte via *Facebook* im April sogar gepostet: „*Now or never*! Ende Juni wird es einen neuen Anlauf für eine Gay-Pride-Parade durch das Zentrum von Kampala geben!"

Er bekam innerhalb von vier Stunden fast achthundert *Likes* – Wahnsinn! Auch Julian, Betty, Anne und ich waren dabei.

Ein Kommentar von Anne, ebenfalls auf *Facebook*, lautete: „*Ndi musanyufu* – ich bin glücklich! Unsere Schwestern und Brüder werden lernen, uns zu akzeptieren!"

Obwohl es kein Mittwoch ist, treffen sich die meisten abends bei uns daheim. Pepe öffnet sogar eine Sektflasche und lässt den Korken an die Zimmerdecke fliegen: „Wenn auch nur die Hälfte derjenigen kommen, die Franks Nachricht unterstützt haben – ein paar hundert von uns, sichtbar für alle! Stellt euch das vor!"

Mama kann nicht mitfeiern, da sie eine Nachtschicht im Krankenhaus hat. Aber ich habe sie sofort angerufen. Sie sagt spontan zu, bei der Parade Ende Juni mitzulaufen.

Sorgen mache ich mir nur weiter um Isaac. Warum meldet er sich bei keinem von uns?

Anne hatte eine Weile in Entebbe ganz in seiner Nähe gewohnt und kannte ihn aus dieser Zeit. Sie bestätigt, dass Isaac kein Feigling ist. „Vielleicht hat er Uganda längst verlassen?", meint sie. Wohl auch, um mich zu beruhigen.

Aber wenn er in Sicherheit im Ausland wäre, könnte er doch noch einfacher mit uns Kontakt aufnehmen. Etwas stimmt nicht, finde ich. Aber behalte es den Rest des Abends für mich.

Wir haben heute das erste Mal selbst unsere eigenen Sicherheitsmaßnahmen gelockert. Unter denen, die mitfeiern, sind drei oder vier neue Gesichter. Es ist ja eigentlich gut, wenn neue Leute zu uns stoßen. Aber können wir ihnen vertrauen?

Pepe denkt, dass Anne und ihre neue Freundin sie mitgebracht hätten. Ich hatte sie mit Julian ankommen sehen. Erst hinterher merken wir, dass keiner von uns sie eingeladen hatte. Woher haben sie von unserem privaten Treffpunkt gehört? Als es uns auffällt, sind die Neuen jedoch schon wieder weg.

„*Owange* – hört mal", ruft Pepe. „Es ist gut, wenn wir mehr werden!" Und nur zu gern wollen wir ihm glauben.

Bevor ich schlafen gehe an diesem Abend, checke ich erneut Franks *Facebook*-Aufforderung zur Gay-Pride-Parade. Inzwischen haben über tausend Leute ihre Zustimmung geklickt. Die meisten anonym. Aber doch. Das hatte es noch nie zuvor in Uganda gegeben.

Doch die „ehrenwerten" Leute von Uganda lassen nicht lange auf eine Reaktion von sich warten. Schon am Wochenende wird der Minister für Ethik, Simon Lokodo[18], in der Zeitung zitiert mit den Worten, dass diese geplante „Parade von Kriminellen" niemals genehmigt werden würde, da sie eine „Sache des Teufels" sei.

An diesem Sonntag geht Mama das letzte Mal in den Gottesdienst von Pastor Patrick in unserer Nachbarschaft. Wutschnaubend kommt sie viel eher als sonst nach Hause.

Schon im Flur höre ich sie rufen: „*Ndi munyiivu* – ich bin so wütend! Pastor Patrick hat den Gottesdienst von einem weißen Fanatiker aus den USA leiten lassen … und ihn als unseren Retter vorgestellt!"

Ich habe noch im Bett gelegen, aber springe nun auf, um ihr ein Glas Wasser zu bringen.

Bevor ich nachfragen kann, fährt sie fort: „Dieser Pastor Jim aus Chicago schrie, dass wir hier in Uganda noch für die echten christlichen Werte stünden: Die heilige Ehe, die gesunde Familie, das Beten aus dem tiefsten Herzen … und den Kampf gegen das Böse. Gegen Ungläubige wie die Drogengangster und Homosexuellen!"

„Das hat er gesagt, Mama?" Endlich trinkt sie das Wasser zur Beruhigung.

„Er nicht geredet, er hat es geschrien, David! Und die ganze Gemeinde schrie mit …"

Sie wischt sich den Schweiß von der Stirn und setzt ihren breitkrempigen, hellblauen Sonntagshut ab.

Erst jetzt kann auch sie wieder normal reden: „Dann aber kam das für mich genauso Schlimme: Pastor Patrick – ach, ich mag ihn gar nicht mehr Pastor nennen – nahm wieder das Mikrofon und wedelte mit einem Dollar-Scheck vor unseren Augen herum. ‚Das hier haben wir von unseren amerikanischen Schwestern und Brüdern für den neuen Glockenturm bekommen!' So hat der unsere Seelen verkauft, dieser … dieser …"

Sie mag ihn nicht mehr Pastor nennen. Aber kommt eben auf kein passenderes Wort.

„Mama, hat er gesehen, wie du mitten im Gottesdienst gegangen bist?"

„Hat er, mein Junge … da gehe ich nie mehr hin!"

Ich weiß, wie wichtig die Kirche immer für Mama war. Sie betet auch jeden Abend vorm Schlafengehen. Früher hatte sie es auch mit mir getan.

Es ist deutlich, dass sie bei allem Ärger auch einfach traurig ist. Aber es soll noch schlimmer kommen.

Nur eine Woche später habe ich mich mal wieder mit Julian verabredet. Seine Mutter und jüngeren Geschwister sind schon früh schlafen gegangen. Sein Vater ist auf einer Dienstreise und soll erst am nächsten Tag wiederkommen. Erst haben wir ein Fußball-Länderspiel angeschaut, das wegen zweier Verlängerungen gar nicht aufhören will. Aber ich wohne nur zwanzig Minuten Fußweg entfernt und werde immer noch rechtzeitig heimkommen, ohne dass Mama sich Sorgen macht.

„*Sawa mmeka* – wie spät ist es?", fragt Julian, als Uganda schließlich doch noch gegen Kamerun verloren hat.

Ich lasse kurz mein Smartphone aufleuchten: „Halb zehn." Und ich ahne, wozu Julian noch Lust hat. Er weist mit dem Kopf fragend Richtung Schuppen.

„*Kale* – okay", grinse ich zurück.

Julian geht voran zum Schuppen, der noch hinter der Garage ganz am Ende des Gartens liegt. Die einfache Holztür ist wie meist unverschlossen.

Um nicht aufzufallen, schalten wir kein Licht an. Es ist eine klare Nacht, und der Mond verbreitet genug schummriges Licht durch das eine Fenster zur Straße. Dann breitet Julian eine Decke auf dem plattgestampften Erdboden aus.

„*Mwattu* – bitte", flüstert er. „*Tuula wansi* – setz dich, David."

Ich spüre seinen Atem und lehne mich gegen ihn. Es tut einfach gut. Obwohl er sich manchmal schminkt, wenn wir unter uns in der Gruppe sind, hat er doch einen wunderbar männlichen Körper. Auch ich spüre mein Herz klopfen. Nicht aus Liebe … einfach aus Freude über unsere beiden Körper, die einander so guttun können. Inzwischen haben wir uns beide vollständig ausgezogen.

Warum wir nie verliebt waren, weiß ich auch nicht. War einfach nie. Vielleicht lassen wir all die verlogenen Sehnsüchte schlicht weg – und nur das zu, was wir spontan in uns fühlen. Das Verlangen, einen anderen Jungenkörper zu berühren, festzuhalten, zu spüren.

Danach liegen wir noch einen Moment dicht beieinander. Gemeinsam einschlafen wäre zu gefährlich. Ich werde mich auch erst daheim waschen, damit seine Mutter keinen Verdacht schöpft.

Als ich schon meine Unterhose anhabe, zuckt Julian plötzlich zusammen. Auch ich höre jetzt ein Geräusch vom Gartentor her. Schwere Schritte, die sich schnell unserem Schuppen nähern. Ist sein Vater doch eher zurückgekommen? Aber wieso haben wir nicht sein Auto gehört?

In diesem Moment fliegt die Tür auf, und das grelle Licht einer Taschenlampe blendet uns. Dann die wütende Stimme seines Vaters, eigentlich mehr ein Schrei: „*SAAGALA*!"

Ein Schrei des Abscheus, der wörtlich bedeutet: Ich will DAS nicht. Julians Vater legt allen Hass und alle Verachtung in seinen Schrei. Julian erstarrt vor Entsetzen und fällt auf die Knie.

Ich höre ihn stammeln: „*Taata wange, mwattu* – mein Vater, bitte …"

Aber sein Vater hat bereits einen Spaten gepackt, der in einer Ecke lehnte und gegen seinen Sohn erhoben. Erst da scheint er mich wahrzunehmen.

Hasserfüllt schaut er mich an und befiehlt nur kurz: „*Genda eri* – verschwinde, du Mistkerl!"

Ich packe nur meine Jeans und drücke mich an ihm vorbei nach draußen. Von da renne ich direkt zum abgeschlossenen Gartentor. Mit einem Satz springe ich hinüber. Als ich auf dem Schotter der anderen Seite lande, höre ich den ersten Schrei von Julian. Dann ein dumpfer Schlag und ein erneuter, dieses Mal langgezogener Schrei.

Um Himmels willen, wird sein Vater ihn umbringen?

Aber ich wage nicht umzukehren. Sein Vater ist ein Riesenkerl, der früher einen Namen als Boxer hatte und noch heute Geld in einen Kampfsport-Verein in unserem Viertel steckt. Auch zu zweit oder gar dritt hätten wir keine Chance gegen ihn.

Ich streife meine Jeans über und laufe so schnell durch die jetzt abendlich leeren Straßen, dass ich in weniger als zehn Minuten daheim bin. Sowohl mein Hemd als auch meine Sandalen habe ich in Julians Schuppen zurückgelassen.

Als ich endlich zu Hause ankomme und unsere Wohnungstür aufschließen will, zittert meine Hand so, dass ich den Schlüssel erst kaum aus der Hosentasche bekomme und dann einfach nicht ins Schloss. Schweiß läuft mir über den ganzen Oberkörper. Bevor ich klingeln kann, hat Mama von innen geöffnet. Vermutlich hat sie meine Geräusche an der Tür gehört.

„David!", ruft sie erschrocken und hält sich eine Hand vor den Mund.

Dann zieht sie mich in die Wohnung und schließt die Tür von innen ab. Erst jetzt merke ich, dass mein linker Fuß blutet und ich rote Flecken auf dem Teppich im Flur verbreite.

Mama zieht mich ins Badezimmer, säubert zuerst meine Fußsohle und legt professionell einen Verband an. Dann reicht sie mir ein Handtuch, um mich abtrocknen zu können. Nur langsam legt sich mein Zittern am ganzen Körper.

Erst jetzt bekomme ich ein paar Worte heraus: „Ich habe solche Angst, dass Julian von seinem Vater ermordet wird …"

Meine Mutter scheint sofort zu erfassen, was geschehen ist. „Er hat euch erwischt, ja?", fragt sie leise, aber ganz ruhig.

Ich nicke nur still. Sie weiß mehr, als ich dachte.

Es ist das erste Mal in meinem Leben, dass ich wegwill. Einfach nur weg. So weit wie möglich.

# Kampala, Ende Mai

Aber es soll noch schlimmer werden. Viel schlimmer.

In nur wenigen Tagen, im gleichen Monat Mai.

Bis zum frühen Morgen habe ich mit Mama im Wohnzimmer gehockt. Wir haben geredet. Wie es weitergehen soll. Ob Julians Vater auch etwas gegen mich unternehmen würde?

Aber dann geht es zuerst gegen meine Mutter. Als wir nach nur zwei Stunden Schlaf und einem kurzen Frühstück gerade beide gleichzeitig die Wohnung verlassen wollen – Mama zum Krankenhaus, ich zur Schule –, hält ein Polizeiwagen vor unserer Haustür. Zwei Beamte steigen aus und versperren uns den Weg.

Mich beachten sie kaum, sondern sprechen Mama an: „Sind Sie Frau Kutala?"

„Ja, wieso?", entgegnet sie, äußerlich ruhig und selbstbewusst. Sie ist an ihrer Uniform als Krankenschwester erkennbar.

Der Ältere der beiden, der einen dicken Bauch vor sich herschiebt, holt einen Bogen aus einer Mappe und hält ihn Mutter unter die Nase: „Gegen Sie liegt eine Anzeige vor: Wegen Beherbergung einer kriminellen Vereinigung!"

Mama gibt sich aber nicht so einfach geschlagen. „Das kann gar nicht sein!" Ihre Stimme ist weiter ruhig.

„Ist aber so!", beharrt der dicke Polizist. Dem Jüngeren scheint alles eher peinlich zu sein. Er schiebt mit seinem Schuh eine Zigarettenkippe zur Seite und gibt sich unbeteiligt.

„Von wem ist die Anzeige?", fragt nun Mama in einem Ton, als würde sie das Verhör führen.

„Vom Pastor Ihrer Gemeinde – einem ehrenwerten Mitglied der Nachbarschaft", rechtfertigt sich der Beamte.

Mama schüttelt verächtlich den Kopf. „Ach der …" Sie schaut kurz zu mir und fragt dann sachlich: „Und jetzt?"

Der Dicke ist erleichtert, dass Mama sich nun endlich kooperativ zeigt. Er zückt einen Kugelschreiber und erklärt: „Sie müssen hier den Empfang der Anzeige bestätigen und innerhalb von vierundzwanzig Stunden auf unser Revier kommen. Wenn Sie sich weigern, müssen wir Sie jetzt mitnehmen."

„Ich werde Sie morgen besuchen", erklärt Mama, als hätte sie gerade eine Einladung zum Kaffeetrinken angenommen. Woher nimmt sie nur ihre Ruhe?

Dann unterschreibt sie und lässt die beiden ohne ein weiteres Wort stehen. Zu mir sagt sie: „Der Mann ist für mich endgültig kein Pastor mehr."

An der nächsten Straßenkreuzung trennen wir uns. Ich gehe aber nicht direkt weiter zur Schule, sondern biege kurz darauf ab in eine andere Richtung. Auch wenn ich nun zu spät zum Unterricht kommen werde, muss ich einfach bei Julian vorbeigehen. Vielleicht kann ich ihn sprechen, falls sein Vater schon zur Arbeit ist, oder zumindest sehen? Als ich beim Gartentor ankomme, steht die Garage offen. Das Auto des Vaters ist weg.

Aber wo mag Julian sein? Einfach zu läuten oder seinen Namen zu rufen, traue ich mich nicht. Ich packe ein paar kleine Steinchen vom Weg und werfe zwei hintereinander an die Fensterscheibe seines Zimmers im ersten Stock. Keine Reaktion. Ich warte ein paar Minuten und überlege.

Da habe ich Glück und sehe, wie das Küchenmädchen in den Hof kommt, um irgendeinen Abfall in die Mülltonne zu entleeren. Um ihre Aufmerksamkeit zu erhalten, stoße ich einen kurzen Pfiff aus. Als sie mich sieht und erkennt, lege ich einen Zeigefinger auf den Mund, damit sie bloß nicht meinen Namen ruft.

Neugierig kommt sie näher. Erst als sie vor mir am Zaun steht, frage ich sie leise: „Weißt du, wo Julian ist? Ich will ihn zur Schule abholen."

Offensichtlich hat sie keine Ahnung, was sich hier gestern Abend abgespielt hat. Ernst, aber nicht unfreundlich erklärt sie mir: „Der junge Herr hatte einen Unfall mit dem Fahrrad … er ist im Krankenhaus mit einem Armbruch und mehreren Schnittwunden."

Armbruch, Schnittwunden. Wie furchtbar muss sein Vater zugeschlagen haben.

„Danke", sage ich leise zu dem Mädchen in meinem Alter, das hier schon wie eine Erwachsene von frühmorgens bis abends schuften muss.

Ich nehme mir vor, Julian so bald wie möglich im Krankenhaus zu besuchen. Natürlich vorsichtig. Seinen Eltern darf ich dort sicher nicht begegnen.

Am Abend sitzen wir in unserer Küche und beraten mit Pepe und Anne, denen ich gleich nach der Schule von allem erzählt habe, wie sich Mutter am nächsten Tag auf dem Polizeirevier verhalten soll.

Alles zugeben und Reue zeigen? Oder widersprechen und die Sache öffentlich machen? In jedem Fall senden wir eine Nachricht an Frank von *SMUG*, der auch juristischen Rat auf ihrer Website anbietet.

Nur eine halbe Stunde später kommt seine Antwort: „Sollen wir einen Anwalt schicken? Bitte keine Schuld zugeben. Haltet uns auf dem Laufenden."

„Ich gehe da erst mal allein hin", meint Mama. „Sonst wird das gleich eine Riesensache. Vielleicht gelingt es mir, alles zu leugnen oder zumindest abzuschwächen. Ich würde auch gern wissen, wer Pastor Patrick von unseren Treffen erzählt hat."

Als wir über Julian sprechen, bietet Anne an, ihn am nächsten Tag im Krankenhaus zu besuchen: „Ich kann ja sagen, dass ich in der Schule von seinem Fahrrad-Unfall gehört habe und ihm einfach ein paar Hausaufgaben bringen will."

Als Anne und Pepe schon fast aufbrechen wollen, klingt erneut der Message-Signalton auf meinem Smartphone. Noch mal Frank?

Es ist eine Nachricht, auf die ich seit Monaten warte. Kaum kann ich meinen Augen glauben. Ich lese sie erst selbst zwei Mal, bevor ich rufe: „Eine Nachricht von Isaac. Er muss es sein, auch wenn kein Foto dabei ist und ohne seinen richtigen Namen."

Pepe, Anne und Mama springen auf und schauen mir über die Schulter. Jetzt lese ich die wenigen Worte laut für uns alle vor, durcheinander auf *Luganda* und Englisch: *Simanye what to do. Sirina sente. Mwattu – help. Black Panther.* Das kann nur Isaac sein, der schwarze Panther!

Er schreibt: *Ich weiß nicht, was ich tun soll. Ich habe kein Geld. Bitte hilf! Schwarzer Panther.*

Sofort klicke ich auf Antwort und tippe aufgeregt: *Wo bist du? Kann ich dich treffen?*

Ich sende die Nachricht auf *Facebook* und dann auch via *WhatsApp*. Das gelbe Symbol zeigt an, dass er es empfangen hat. Aber warum antwortet Isaac nicht sofort?

„Es gibt zumindest wieder Hoffnung", tröstet mich Pepe.

Zumindest das, denke ich. Und bete innerlich, dass er sich bald wieder melden möge … und ich ihm irgendwie helfen kann.

Wir sprechen ab, uns spätestens am nächsten Abend hier wieder zu treffen, sobald Mama vom Polizeirevier und Anne aus dem Krankenhaus zurück sind.

Mein Smartphone habe ich zur Sicherheit eingeschaltet neben mein Kopfkissen gelegt. Ob ich etwas geahnt habe? Nein, ich habe nichts geahnt. Ich tat es einfach nur, um eine mögliche nächste Nachricht von Isaac nicht zu verpassen. Oder auch, um sofort antworten zu können, falls er selbst dran wäre.

Ich kann höchstens zwei Stunden geschlafen haben, als das Telefon schon lange nach Mitternacht gerade zwei Mal läutet. Es ist aber nicht Isaac, sondern Pepe. Den ich erst tief atmen höre, bevor er zu reden beginnt: „Hast du die Spätnachrichten schon gesehen, David?"

Warum redet er drumherum? „Was ist los?", schreie ich ihn an.

„Isaac …", stammelt Pepe.

Endlich redet er weiter. „Isaac… Seine Leiche wurde am späten Abend in einem Gebüsch in der Nähe vom Miami Beach gefunden … erstochen, gefoltert."

„Mein Gott …", stammle nun auch ich. „Pepe, ich rufe später wieder an."

Dann wecke ich Mama. Im Wohnzimmer schalten wir den Fernseher an und setzen uns direkt davor auf den Teppich. Nachts werden die letzten Nachrichten vom Vorabend meist stündlich wiederholt. Wir sind gerade rechtzeitig da für die nächste Sendung. Erst der internationale Teil und Politik in Uganda. Dann Lokalnachrichten.

Plötzlich ein Schülerfoto von Isaac, als er noch keinen Bart oder Afro hatte.

Die Sprecherin liest von einem Blatt: „*Am Abend wurde in der Hauptstadt Kampala in der Nähe des Miami Beach die Leiche des siebzehnjährigen Isaac P. gefunden. Nach Angaben der Polizei in einem Gebiet, dass für männliche Prostitution bekannt ist. Isaac P. starb an den Folgen mehrerer Messerstiche. Sein Körper wies darüber hinaus auch Spuren von Folter und Vergewaltigung auf. Mögliche Zeugen sind aufgerufen, sich bei jeder Polizei-Dienststelle im Land zu melden.*"

Während der Fernsehansage halten Mama und ich uns gegenseitig fest. Beide haben wir Tränen in den Augen. Wieder und wieder flüstere ich seinen Namen: „Isaac … Isaac … Isaac …"

Über *Facebook* informiere ich alle anderen Mitglieder unserer kleinen Gruppe noch in der Nacht. Eine Nachricht geht auch an Frank von *SMUG*. Alle sind geschockt.

Josiah, der Isaac seit der ersten Grundschulklasse kennt, postet: „Diese Schweine, die ihn nicht nur ermordeten, sondern zuvor auch noch quälten … Schweine, Schweine, Schweine."

Als Zweite reagiert Betty: „Niemals hätte Isaac mit Sex Geld verdient … wie gemein, ihn in diese Nähe zu rücken!"

„Das war ein Auftragskiller seines fanatischen Vaters!", schreibt Paul, der noch neu in unserer Gruppe ist.

Und Anne: „Armer David … ich weiß, was für gute Freunde ihr wart."

Irgendwann schalte ich mein Smartphone ab und lade es auf. Ich öffne mein Zimmerfenster und lege mich mit dem Bauch aufs Bett. Tränen laufen auf mein Kissen. Ich liege da, denke an Isaac und Julian und bin so traurig wie noch nie im Leben zuvor.

Irgendwann kommt das Licht des frühen Morgens. Wenig später beginnen die ersten Vögel zu zwitschern. Als wäre es ein ganz normaler Tag.

Ich kann mich nicht mehr erinnern, was an diesem Vormittag in der Schule geschah. Immer wieder sehe ich zu der altertümlichen Uhr an der Wand des Klassenzimmers und warte ungeduldig, dass wieder eine Stunde vergeht.

Direkt nach Schulschluss laufe ich zur Bushaltestelle. Anne hat mir eine Nachricht geschickt, dass sie schon bei Julian gewesen sei und in einem Café in der Nähe des Krankenhauses auf mich warten würde.

Ich finde es ohne Probleme, obwohl hier auf der Hauptstraße ein unheimliches Gewimmel von Fußgängern, Radfahrern, Motorrädern, Autos und Bussen herrscht. Anne hat drinnen einen kleinen Tisch nur für uns beide finden können. Auch sie sieht übernächtigt aus und hat offensichtlich wenig geschlafen.

„Konntest du mit ihm reden, Anne?" Ich will keine Zeit vergeuden.

Sie nickt. „Ich kam ohne Probleme zu ihm durch, obwohl noch keine offizielle Besuchszeit war. Am Anfang war seine Mutter am Bett, und wir konnten nicht offen reden. Aber dann rief ein Arzt sie zu einem Gespräch heraus, und ich hatte ein paar Minuten nur mit Julian."

„Und?" Anne spannt mich auf die Folter.

„Julian sieht schlimm aus. Der rechte Arm zwei Mal gebrochen. An der Stirn und Schulter hat er drei lange, tiefe Schnittwunden, die alle genäht werden mussten. Das linke Auge ist so geschwollen, dass noch niemand Genaues sagen kann. Nicht mal der Arzt glaubt an einen Fahrradunfall, meint Julian."

„Wann kommt er raus aus dem Krankenhaus?“ Hoffentlich kann ich ihn auch bald wiedersehen.

„Ist noch unklar“, meint Anne.

Aber dann hat sie noch zwei Nachrichten von Julian nur für mich: „Das Unglück ist nur passiert, weil das Auto seines Vaters kaputtgegangen war und er mit einem Taxi eher heimkam, das ihn an der Straßenecke abgesetzt hatte. Darum habt ihr ihn nicht kommen hören.“

„Das erklärt die Entdeckung, Anne“, entgegne ich. „Aber nicht die Brutalität von Julians Vater!“

„Stimmt“, sagte Anne. „Und das ist die zweite Nachricht von Julian an dich: Bitte sei auf der Hut! Sein Vater will ihn zu einer Tante weit weg aufs Land schicken. Und dann will er dich anzeigen. Sein Sohn ist nicht schwul – das käme alles von dir!“

„Na klar, was denn sonst“, sage ich bitter. Am schlimmsten an der Nachricht ist, dass ich Julian so oder so vermutlich lange nicht wiedersehen werde.

Anne bezahlt für uns beide. Dann trennen wir uns. Sie muss eine Kollegin in ihrem neuen Job im Pflegeheim vertreten und wird abends nicht zu unserem Treffen kommen können.

„Bitte schick mir eine SMS, wie's bei deiner Mutter war“, ruft sie noch, bevor sie sich in einen übervollen Kleinbus drängt.

Als ich heimkomme, ist Mama zu meiner Überraschung schon da. Ich sehe ihr an, dass es nicht gut gelaufen ist auf dem Polizeirevier.

„Nach einer halben Stunde war ich wieder draußen, David“, beginnt sie ihren Bericht. „An meiner Aussage waren die gar nicht interessiert.“ Sie streicht sich nervös über die Augen. „Es gibt angeblich mehrere Zeugen, die belegen, dass ich mit dir andere junge unschuldige Menschen für das homosexuelle Leben rekrutiere. Drei Nachbarn, natürlich Pastor Patrick und zwei junge Leute, die an einem Abend bei uns waren und sich nur mit aller Kraft unserer Verführung entziehen konnten.“

„Wahnsinn, Mama!“ falle ich ihr ins Wort. „Das können nur welche von den Neuen gewesen sein, die an dem Abend gekommen waren, als wir die Ankündigung für die erste Gay-Pride-Parade feierten.“

„Genau“, meint Mama. „Sie sagten auch aus, dass wir versucht hätten, sie unter Alkohol zu setzen.“

„Pepes Sekt!“, rufe ich.

„Eine Flasche für über zehn Leute", ergänzt Mama. Zum ersten Mal müssen wir beide lachen.

Dann ist Mama aber wieder ernst. „Ich muss aufpassen, dass ich nicht auch meine Arbeit im Krankenhaus verliere. Deshalb habe ich vorhin erst mal nur alles abgestritten. Ich werde auch Franks Angebot für einen Anwalt annehmen."

Es ist das zweite Mal, dass ich ernsthaft daran denke, wegzugehen. Richtig weit weg. Nicht nur aus Kampala. Sondern vielleicht sogar aus Uganda. Natürlich mit Mutter.

„Du bist verrückt", sagt Mama, als ich es vorsichtig anspreche. „Ich habe hier meine Arbeit. Ich gehe niemals weg." Nach einer Pause fügt sie leise hinzu: „Ich mache mir viel mehr Sorgen um dich, mein Junge."

Das abendliche Treffen sagen wir ab. „Es geht einfach nicht", meint Mama. „Ich bin sicher, dass wir beobachtet werden."

Auf *Facebook* teile ich nur den vertrautesten Mitgliedern unserer Gruppe mit: „J. noch im KH. Heute kein Treffen. Wir werden beobachtet – aber geben nicht auf. *Kisoboka* – es ist möglich. D."

Den Rest des Abends suche ich im *Chat* bei *Planet Romeo* nach anderen *Freedom Fighters*. In Uganda. Und überall auf der Welt.

# Hamburg und Kampala, im Juni

**Hamburg**

Die *Safe Space* Gruppe im *mhc* ist einfach gut.

Hassan hat inzwischen Mustafa aus Teheran kennengelernt. Mustafa ist Ingenieur und schon Anfang dreißig. In Teheran hat er eine junge Frau und eine kleine Tochter. Im Ausland, zuerst in England, dann Deutschland, hatte er sein Coming-out. „Es war damals eine Zwangsheirat – für uns beide", berichtet Mustafa. „Sie sechzehn, ich neunzehn. Jeden Monat sende ich den beiden Geld. Meine Frau versteht mich. Aber ich gehe nicht zurück", erklärt er entschlossen.

Gemeinsam ist es Hassan und Mustafa gelungen, einen verschlüsselten Kontakt zu Said in Teheran aufzubauen. Said ist erst achtzehn wie ich … sein älterer Bruder hatte ihn bei der Polizei angezeigt.

Auf der Wache musste Said sich ausziehen. Dann wurde er erst angeschrien und beschimpft. Als er seinen etwas jüngeren Liebhaber nicht verraten wollte, wurde er mit einer Flasche vergewaltigt, bis er blutete und selbst nur noch schrie. „Aber er hat den anderen Jungen nicht verraten!", fügt Mustafa hinzu. „Wir wissen inzwischen, dass der aus derselben Schule stammt, nur eine Klasse unter Said."

„Und wo ist Said jetzt?", frage ich nach.

„Am Stadtrand von Teheran … in einem Keller, wohin ihm seine Mutter alle zwei Tage Nahrung und Wasser bringt", weiß Hassan.

„Und jetzt?" Was für eine schlimme, ausweglose Situation.

Aber Mustafa und Hassan haben einen Plan. „Wir versuchen ihm derzeit falsche Papiere zu besorgen über einen unverdächtigen Mitarbeiter einer ausländischen Firma." Dann schauen mich beide an, und Hassan sagt leise: „Aber kein Wort zu niemandem darüber, David!"

„Logo", nickte ich nur ernst. Ich bin beeindruckt, was sie schon alles bedacht haben.

An diesem Abend höre ich das erste Mal etwas über Uganda. Eine junge Anwältin aus Südafrika berichtet in einem Vortrag im *mhc* von ihrem Engagement für Menschenrechte in mehreren afrikanischen Ländern. Am Ende lässt sie eine Unterschriftenliste von *Amnesty International* gegen die Todesstrafe für Homosexuelle in Uganda herumgehen, die dort erst noch eingeführt werden soll. Die meisten unterschreiben, auch ich.

„Als ob sich jemand von der Regierung in Uganda beeindrucken lässt, wenn hier in Hamburg ein paar Leute etwas unterschreiben", brummt Hassan. Am Ende setzen aber auch er und Mustafa ihre Unterschrift auf die Liste. Allein schon, um die sympathische Anwältin nicht zu enttäuschen.

Mein neuer Profilname im *Chat* bei *Planet Romeo* ist jetzt *Work for Love*. Martin hat mich erst verspottet und gemeint: „Mann, David, das klingt, als wärst du ein Sexarbeiter."

„Egal – wenn jemand die Rubrik verwechselt, selbst schuld", antworte ich. „Liebe fällt nicht vom Himmel … und in manchen Teilen der Welt kommt man dafür in den Knast." Ich hole Luft, denn mein Vortrag ist noch nicht zu Ende. „Darum will ich für Liebe arbeiten, für das einfache Recht auf Liebe für jeden. Als erste Message habe ich auf Englisch gepostet, dass ich die Rechte sexueller Minderheiten in Afrika unterstütze."

Martin schaut mich mit offenem Mund an.

Es klingt vielleicht wirklich 'ne Nummer zu wichtig. Darum füge ich grinsend hinzu: „Okay, Martin, falls mich doch jemand wegen Sex anklickt, schicke ich es durch zu dir."

„Versprochen?", lacht jetzt auch mein bester Freund.

Genau an diesem Abend stoße ich das erste Mal auf einen jungen Typen aus Kampala, Uganda. Kein Foto, nichts zu sich selbst. Nur die eine Frage auf Englisch: „Wer hilft mir, hier wegzukommen?" Sein Profilname ist *Freedom Fighter 4*.

### Kampala

Der Tag, an dem sich für mich alles ändert, ist, als Mama das zweite Mal vom Polizeirevier kommt. Noch nie in meinem ganzen Leben habe ich sie so aufgewühlt erlebt: Verstört, bebend, unsicher. Alles Eigenschaften, die sonst überhaupt nicht zu meiner Mutter passen.

„Was haben sie dir angetan, Mama?", rufe ich erschrocken, nachdem sie die Wohnungstür zugezogen und alle drei Schlösser von innen verriegelt hat.

„Das Schlimmste", schluchzt sie, obwohl sie gleichzeitig alles tut, um ein Weinen zu unterdrücken.

O Gott – haben sie Mama gedemütigt, geschlagen oder gar sexuell erniedrigt? Sie sieht das Entsetzen in meinem Gesicht.

Jetzt zieht sie mich zu sich, hält mich an beiden Schultern fest und schaut mir in die Augen: „Sie haben mir gedroht, dass sie dich verhaften wollen. Dieser schreckliche Vater von Julian will sich an dir rächen und angeblich seinen Namen säubern, indem er dich hochgehen lässt."

Mama wischt sich übers Gesicht. „Ich bin nur ein Mosaikstein dabei … die Treffen in der Sunshine Bar und dann bei uns, die Namen von Anne, Betty, Josiah, John und Pepe, deine Unterschrift für Gay Pride … diese Unmenschen wissen alles von dir und uns."

Angeblich würden sie nur warten, bis Julian aus dem Krankenhaus sei und weit weg bei seiner Tante auf dem Land. Und dann zuschlagen und uns alle verhaften. Dass ich einer der Jüngsten in unserer Gruppe war und noch nicht mal achtzehn, würde mir nur wenig nutzen.

Julians Vater will Rache … und wenn Mama alles richtig verstanden hat: Zuerst an mir! Als einflussreicher Geschäftsmann ist er gewohnt, seinen Willen durchzusetzen, und duldet wenig Widerspruch.

An diesem Abend muss ich neue Ideen bekommen. Einfach warten, bis es knallt, geht nicht. Eine ganze Weile spiele ich zögerlich an meinem Smartphone herum.

Ich traue mich nicht, Frank von *SMUG* zu fragen, wie ich für eine Weile aus Uganda wegkommen könnte, denn ich weiß nicht, wie weit auch er unter Beobachtung steht. Aber ich poste an zwei Organisationen in England und den USA, die sich für sexuelle Minderheiten einsetzen, ob sie mir raten können, wie ich aus Uganda abhauen könnte, zumindest für eine Weile.

Im *Chat* bei *Planet Romeo* stoße ich zufällig auf jemanden aus Deutschland, der bei seinem Profil angegeben hat, dass er sich für Leute wie mich in Afrika einsetzen möchte. Ich klicke weiter – Profilname: *Work for Love*. Achtzehn Jahre. Lebt in *Hamburg*. Wo ist das denn?

Da kommt auch schon eine erste *WhatsApp*-Nachricht von ihm rein. Unglaublich.

**Hamburg** *Hallo Freedom Fighter 4: Warum 4? Warum willst du weg aus Uganda?*

**Kampala** *Hallo Work for Love: Ich bin 4, weil 1–3 schon vergeben waren. Ich muss hier weg. Weil ich sonst eingesperrt werde. Und meine Mutter ihre Arbeit verliert.*

**Hamburg** *Hallo FF4: Warum sollst du eingesperrt werden? Wie alt bist du?*

**Kampala** *Hallo WfL: Weil ich mit einem Freund beim Sex erwischt wurde. Von seinem Vater. Ich bin 16.*

**Hamburg** *Hallo FF4: Helfen dir deine Eltern nicht?*

**Kampala** *Hallo WfL: Meine Eltern sind geschieden. Meine Mutter ist 100 pro auf meiner Seite. Aber sie hat auch schon eine Anzeige am Hals. Weil wir uns als Gruppe bei uns daheim getroffen haben. Derzeit können wir uns nirgends treffen. Nur verschlüsselte Nachrichten via WhatsApp.*

**Hamburg** *Hallo FF4: Ist dein Leben bedroht, Freedom Fighter? Kannst du mir deinen Vornamen verraten? Oder ein Foto senden?*

**Kampala** *Hallo WfL: Mein Leben bedroht. Ja!!! Mein erster Lover wurde ermordet. Name und Foto? Nein, sorry. Geht echt nicht. Zu unsicher. Erst wenn ich hier weg bin. Wie heißt du?*

**Hamburg** *Hallo FF4: O Mann, das ist ja furchtbar. Hier ist ein Foto von mir aus unserem Freibad vom letzten Sommer. Ich heiße David.*

**Kampala** *Hallo WfL: Echt David?*

**Hamburg** *Hallo FF4: Ja, David. Glaubst du mir nicht?*

**Kampala** *Hallo David: Sorry, Mann. Ich kenne nur auch jemand, der David heißt. Erkläre ich dir später mal. Dein Foto ist toll. Sexy, Mann.*

**Hamburg** *Hallo FF4: Spinner! Nicht sexy. Ich bin viel zu dünn. Hat mein Freund Martin aufgenommen.*

**Kampala** *Hallo David: Ist Martin dein Lover?*

**Hamburg** *Hallo FF4: No, Martin ist mein bester Freund, aber wir haben nichts zusammen. Martin ist eher wie eine gute Freundin. Man-*

*che nennen ihn auch Martina. Weißt du, was ich meine? Ich bin solo. Und du?*

**Kampala** *Hallo David: Ich auch. Ich meine – ich bin auch solo. Wie denken deine Eltern über dein Schwulsein?*

**Hamburg** *Hallo FF4: Meine Eltern? Ein einziges Drama. Ich bin abgehauen – und lebe jetzt mit meiner älteren Schwester Michelle und ihrem kleinen Sohn Marco. Hast du Geschwister?*

**Kampala** *Hallo David: Sorry wegen deiner Eltern. Ich habe keine Geschwister. Hat Michelle keinen Mann?*

**Hamburg** *Hallo FF4: Der Vater von Marco ist verschwunden, als Michelle noch schwanger mit ihm war. Aber Armin zahlt zumindest.*

**Kampala** *Hallo David: Wie heißt der? Amin? Das war der schlimmste Diktator bei uns. Idi Amin. Hast du schon mal von dem gehört?*

**Hamburg** *Pause – Pause – Pause*

*Hallo FF4: Habe eben Idi Amin gegoogelt. Horror. Ein Massenmörder. Nein, der Vater von Marco heißt ARMIN – mit R! Ist euer Präsident in Uganda jetzt auch ein Diktator?*

**Kampala** *Hallo David: Ein halber Diktator. Nicht so schlimm wie Idi Amin. Aber ein Homohasser. Wo ist Hamburg?*

**Hamburg** *Hallo FF4: Im Norden von Deutschland. Großer Hafen.*

**Kampala** *Hallo David: Hafen klingt gut. Ich komme als blinder Passagier, ja?*

**Hamburg** *Hallo FF4: Ja, komm mal. Bevor du da eingesperrt wirst. Kannst bei mir und meiner Schwester wohnen!!!*

**Kampala** *Hallo David: Ehrlich?*

**Hamburg** *Hallo FF4: Ehrlich!*

**Kampala** *Hallo David: Wow. Ich komme!!! Muss jetzt nur Schluss machen. Mist, kein Data mehr. Können wir morgen weiter posten?*

**Hamburg** *Hallo FF4: Klaro. Morgen Abend gleiche Zeit. Okay?*

**Kampala** *Signal – no data.*

Die letzte halbe Stunde habe ich alles um mich herum vergessen. Mama hat irgendwas aus der Küche gerufen, aber ich habe es nicht verstanden. Und nicht mal zurückgefragt.

Jetzt laufe ich durch die Wohnung und rufe nach ihr: „Mama, Wahnsinn … es gibt einen Jungen in Hamburg, Deutschland. Der heißt David wie ich. Und bei dem und seiner Schwester kann ich wohnen. Erst mal. Ich muss nur irgendwie dahin kommen."

Ich erzähle meine Geschichte beim Gehen – und finde Mama schließlich in ihrem Schlafzimmer. Sie hat sich schon hingelegt. Erschöpft von diesem schlimmen Tag. Aber ihre Nachttischlampe ist noch an.

„Was ist los, David?", fragt sie müde. Sie hat kein Wort begriffen.

Erneut spule ich aufgeregt alles ab, was ich via *Planet Romeo* gerade erlebt habe. Sie richtet sich im Bett auf und hört aufmerksam zu.

„Aber woher weißt du, dass das kein *Fake* ist?", gibt sie zu bedenken.

„Einfach mein Gefühl", entgegne ich. „Das war alles spontan, nicht geplant. Und es begann total zufällig. Zu Beginn wussten wir nichts voneinander."

„Was aber, wenn jemand anders eure Nachrichten liest?" Sie bleibt besorgt.

„Geht eigentlich nicht", versuche ich, sie zu beruhigen. „Das war ein geschlossener Chat – nur zwischen ihm und mir. Und er kennt bisher nicht mal meinen Namen. Zur Sicherheit werde ich gleich alles löschen."

„Wo lebt dieser andere David?", fragt sie noch mal nach.

„In Hamburg!", rufe ich, obwohl ich bisher auch fast nichts von dieser Stadt weiß. Außer dem Hafen.

Das erste Mal lächelt sie: „Ein Hamburger also …"

Auch ich lächle jetzt: „Er scheint nett zu sein – und sieht gut aus, Mama!"

Ich beuge mich zu ihr hinunter, wie sie es früher tat, als ich klein war, und gebe ihr einen Gute-Nacht-Kuss.

Dann ziehe ich meinen alten Schulatlas aus dem Bücherschrank. Googeln geht nicht, weil ich morgen früh erst Data nachkaufen muss.

Hamburg, Hamburg, Hamburg. Endlich finde ich die Stadt auf einer Karte von Europa.

Dann schlage ich die Weltkarte auf und ziehe eine Linie zwischen Kampala und Hamburg. O Mann, die Luftlinie allein beträgt etwa sechstausenddreihundert Kilometer.

Über eine andere Tabelle kann ich den direkten Landweg über Kairo und Istanbul berechnen: Ohne Umwege neuntausendfünfhundert Kilometer, steht da. So weit. Und Umwege gibt es immer.

Bevor auch ich das Licht in meinem Zimmer ausschalte, lösche ich all unsere Nachrichten. Nur das Foto von David lasse ich stehen.

Damit ich glauben kann, dass es ihn wirklich gibt. Irgendwo in Hamburg.

**Hamburg**

*No data* lautet die letzte Nachricht aus Kampala. Hauptstadt von Uganda. Irgendwo in Ostafrika.

Als Erstes rufe ich Martin an und erzähle ihm vom besten Chat meines Lebens. Gerade eben.

„Er ist erst sechzehn", berichte ich ihm. „Und soll eingesperrt werden, wenn wir ihm nicht helfen, da so bald wie möglich wegzukommen."

Auch Martin ist Feuer und Flamme. „Ich bin dabei, David! Endlich können wir etwas Sinnvolles tun in dieser verrückten Welt!"

Michelle ist deutlich vorsichtiger: „Weißt du, was du dem Jungen da für Hoffnungen gemacht hast? Klar kann der hier bei uns immer ein Bett bekommen. Aber was, wenn er unterwegs von Kampala nach Hamburg krank wird, verunglückt, ihm das Geld ausgeht oder er überfallen wird?"

Auch ich erschrecke bei der Aufzählung möglicher Gefahren auf der langen Flucht von Ostafrika nach Norddeutschland. Hat er überhaupt schon einen richtigen Pass mit sechzehn? Und wie viel Geld kostet so eine Tour – mit dem Bus, Flugzeug oder Schiff? Jung wie er ist, hat er sicher noch nicht mal einen Führerschein.

In dem Augenblick geht das Telefon. Martin ist wieder dran: „Habe eben gegoogelt – die kürzeste Strecke nach Hamburg im Auto von Kampala ist Richtung Ägypten in Nordafrika und dann an der Ostseite des Mittelmeers hoch bis in die Türkei und dauert über hundert Tage. Das sind mehr als drei Monate."

So lange. Ganz allein. Mit sechzehn. Das kann nicht gutgehen. Erste Zweifel.

Die dürfen jetzt bloß nicht überwältigend werden. Sonst geben wir auf, bevor wir überhaupt begonnen haben.

Martin, Michelle und ich notieren uns Punkte, die ich ihn morgen Abend fragen soll: Wie viel Geld hat seine Mutter, um ihn loszuschicken? Wie kommt er überhaupt erst mal raus aus Uganda? Was könnte die erste Station sein – und wie von da weiter?

Am Mittwoch bei unserem Treffen der *Safe Space* Gruppe werden wir außerdem Leila, Hassan und Mustafa um Rat fragen.

Das hört sich schon besser an. In jedem Fall sollen er und seine Mutter über jeden Schritt allein und ohne Druck entscheiden können ... schon gar nicht sich zu viele Hoffnungen machen wegen naiver Zusagen ohne irgendwelche Garantien von uns aus dem fernen Hamburg.

Am nächsten Abend bin ich pünktlich startklar an meinem Laptop. Der Fragezettel liegt neben mir. Martin, Chris und Michelle sitzen neben mir und warten gespannt. Das Einloggen auf der Chat-Seite von *Planet Romeo* geht ohne Probleme.

Aber *Freedom Fighter 4* antwortet nicht. Ich versuche es immer wieder in der folgenden Stunde. Keine Antwort. Was mag nur los sein?

„Hoffentlich haben sie ihn nicht schon gepackt!", murmelt Michelle leise.

Martin versucht eine schlichte technische Erklärung: „Vielleicht ist einfach nur der Strom ausgefallen oder das Internet funktioniert mal nicht."

Wir wissen es nicht. Den Rest der Nacht lasse ich den Laptop neben meinem Bett an und schalte das Signal für hereinkommende Berichte auf laut. Bis zum nächsten Morgen höre ich nichts von *Freedom Fighter 4.*

Dann endlich – ausgerechnet am späten Nachmittag im Supermarkt beim Regale-voll-Stapeln – kommt ein vibrierendes Signal auf meinem Smartphone. Jemand will mit mir chatten auf *Planet Romeo*.

Auch Abdul weiß inzwischen von dem Jungen aus Kampala. Er übernimmt die schweren Bananenkisten und verwickelt unseren Abteilungsleiter in irgendein Gespräch. Denn eigentlich dürfen wir keine Handygespräche während der Arbeitszeit führen. Auf Abdul kann man sich einfach verlassen.

Ich verdrücke mich aufs Mitarbeiter-Klo und hoffe nur, dass das Internet hier stark genug ist. Und dass es nun wirklich der junge *Freedom Fighter* aus Uganda ist …

# Kampala, im Juni

Am nächsten Morgen will ich noch vor der Schule neue Data für mein Smartphone in einem kleinen Laden bei uns um die Ecke kaufen. Mama ruft mich zurück, als ich schon fast aus der Tür bin.

„Schau mal, David“, sagt sie leise und schiebt die Küchengardine unauffällig einen kleinen Spalt zur Seite. „Irgendwas stimmt hier nicht.“

Dabei weist sie auf einen jungen Mann beim Eingang zum Parkplatz, der aufgeregt in sein Handy redet und währenddessen eindeutig unsere Wohnungstür im Blick behält.

„Der stand da schon, als ich vor einer halben Stunde meinen ersten Tee kochte“, meint sie besorgt. Was geht hier vor? Sollte es jetzt schon so weit sein, dass sie mich abholen wollen?

Unsere Sorge klärt sich innerhalb der nächsten Minute – leider zu unserem Nachteil: Ein Polizeiwagen fährt mit quietschenden Bremsen vor, vier Beamte in Uniform steigen aus und bekommen offenkundig Anweisungen von dem jungen Typen in Zivil.

Mama erfasst den Ernst der Situation schneller als ich und ruft mir panisch zu: „*Yanguwa*, David – lass alles stehen und liegen! Spring aus deinem Fenster zum Hinterhof. Ruf mich später auf der Arbeit an, sobald du kannst. *Yanguwa, yanguwa* – nun mach schon!“

Aus dem Augenwinkel sehe ich gerade noch durch die Küchengardine, wie zwei der Männer auf unsere Wohnungstür zugehen. Die anderen beiden laufen in Richtung unseres Hofes, vermutlich, um alle Fluchtwege zu versperren. Aber da bin ich schon aus dem Fenster gesprungen und renne durch den Hinterausgang unseres Apartmentblocks in Richtung Unabhängigkeitspark.

Ich renne und renne, bis ich völlig außer Atem bin und bereits das Ende des Prince Charles Drive erreicht habe. Unauffällig stelle ich mich hinter einen Zeitungskiosk, als würde ich die Vorderseiten der neuesten Ausgaben studieren. Dabei schaue ich vielmehr in die Hauptstraße hinter mich, ob mir doch irgendjemand gefolgt ist. Aber alles wirkt normal. Niemand scheint mich zu beachten. Das war knapp!

Aber was ist nur mit Mutter geschehen? Haben die Kerle sie etwa mitgenommen, wütend, dass ich ihnen entkommen bin?

Eine Zeitlang laufe ich ziellos durch verschiedene kleine Seitenstraßen. In der Eile habe ich vorhin zu Hause selbst das Smartphone in meiner Schultasche zurückgelassen, denn ich wollte ja erst noch Data kaufen. Wohin von hier?

Erst will ich zu Mamas Kinderkrankenhaus in die Windsor Crescent Street, das ist leicht zu Fuß zu erreichen. Aber je näher ich komme, desto mehr Zweifel habe ich: Vielleicht hat die Polizei Mama mitgenommen und sie ist gar nicht in der Klinik? Oder die warten gerade da auf mich, weil sie zu Recht vermuten, dass ich mit Mama Kontakt aufnehmen will.

Als ich mich noch ratlos umschaue, fällt mir ein, dass Betty ebenfalls nicht weit von der Klinik wohnt und sogar ein eigenes Zimmer in einem kleinen Studentenwohnheim hier hat mieten können, denn ihre Familie kommt aus dem fernen Westen Ugandas, nicht weit von der Grenze zum Kongo. Als Betty ankam, um ihr Jura-Studium zu beginnen, hieß sie noch Barry und war offiziell ein Junge.

„In meinem Herzen war ich schon immer ein Mädchen", sagte sie zu uns, nachdem sie das erste Mal mit zu unseren Treffen in die Sunshine Bar gekommen war. Seit sie Enthaarungscreme nimmt und sich schminkt, denken die meisten wirklich, dass sie schon immer eine Frau ist, auch wenn ihre Stimme vielleicht etwas tiefer klingt. Und Betty hat vor nichts Angst!

Als ihre Eltern ihr keine monatliche Unterstützung mehr schickten, nachdem sie angeblich die ganze Familie „lächerlich gemacht" habe, hat sie begonnen, neben ihrem Studium in einem Lokal zu kellnern. Und wann immer irgendwelche Jungs meinen, sich ohne ihre Zustimmung an sie ranmachen zu können, wehrt sie sich mit gezielten Faustschlägen. Das ist Betty.

Als ich in dem Wohnheim ankomme, sagt ihre Nachbarin, dass sie schon zur Uni sei, aber normalerweise am frühen Nachmittag zurückkäme. Ich solle mich nur nicht vom Hausmeister erwischen lassen, da Besuch von Jungen hier im Stockwerk der Studentinnen nicht erlaubt sei.

Also gehe ich zwei Etagen hinunter in den Wohnbereich der Studenten und hocke mich da in einen Aufenthaltsraum, wo ein Fernseher läuft und einige sich etwas zum Essen bereiten. Anscheinend falle ich hier nicht weiter auf. Die Zeit vergeht unendlich langsam. Aber ich halte es hier für sicherer, als stundenlang durch die Straßen zu laufen und dabei vielleicht noch einem Polizisten in die

Hände zu fallen. Ich weiß nicht mal, ob eventuell sogar nach mir gefahndet wird mit einem Foto. Julians einflußreichem Vater mit all seinen Kontakten ist alles zuzutrauen.

Am frühen Nachmittag teilt einer von den Jungen, die hier wohnen, seine Suppe und ein Stück Brot mit mir. „Bist du noch neu hier?", fragt er freundlich.

„Ja", antworte ich, „gerade angekommen. Mein Zimmer wird erst heute Abend frei."

Er nickt: „War bei mir auch so!"

Nur wenig später klopft Betty auf das Glasfenster in der Tür zum Aufenthaltsraum. Zutritt ist Mädchen verwehrt. Aber ich bin längst aufgesprungen und habe die Tür aufgerissen. „Bin ich froh, dass du da bist, Betty!"

Sie lacht: „Seit wann stehst du auf Mädchen, David?"

Aber dann sieht sie mein ernstes Gesicht und schlägt vor, dass wir ins Erdgeschoss gehen, wo es eine Cafeteria gibt, die für alle da ist. Dort setzen wir uns an einen kleinen Tisch im hinteren Teil, wo uns niemand zuhören kann. Dann berichte ich ihr alles, was heute früh geschehen ist.

Betty hört aufmerksam zu. Dann meint sie: „Julians Vater ist echt alles zuzutrauen. Du musst sicher für eine Weile verschwinden. Ich denke nicht, dass er uns alle aufs Korn nimmt. Aber dir gibt er jetzt die Schuld am Schwulsein seines Sohnes … auch wenn dies für den armen Julian nichts leichter macht."

„Ich wünschte, Julian und ich könnten gemeinsam fliehen", stimme ich ihr zu.

Jetzt ist aber erst mal meine größte Sorge, was Mama passiert ist und wo ich die nächste Nacht verbringe. Für beides hat Betty einen Vorschlag: „Lass uns zuerst deine Mutter von meinem Handy aus anrufen. Und übernachten kannst du natürlich bei mir!"

„Aber das ist doch verboten, Betty!", wende ich ein. Keinesfalls soll sie wegen mir Ärger bekommen.

Sie schaut verschmitzt: „Was meinst du, wie die anderen Mädchen ihre Jungs hier hineinbekommen? Es gibt einen Zugang über den Lieferanteneingang und einen Treppenaufgang für den Brandfall. Außerdem muss ich ab 20 Uhr im Lokal arbeiten – du hast also sogar eine sturmfreie Bude!"

Als wir Mama auf ihrem Handy anrufen, antwortet sie nicht. Auch als wir es erneut im Abstand jeder Stunde versuchen, geht sie nicht ran. Und ich hinterlasse auch lieber keine Nachricht. Dann schleust mich Betty über die Notfalltreppe in ihr Zimmer, ohne dass uns jemand zusammen sieht. Sie organisiert außerdem noch Brot und Obst für mich, bevor sie sich auf den Weg zur Arbeit macht.

Sogar ihr Handy lässt sie bei mir. „Das brauchst du jetzt dringender als ich!"

Leider hat sie kein Smartphone, und ich komme weder auf *WhatsApp* noch zu *Planet Romeo*. Hoffentlich denkt jener David in Hamburg nicht, dass ich nur ein Angeber war. Genau jetzt, um kurz nach 20 Uhr, hatten wir uns für heute Abend verabredet.

Es ist schon lange dunkel draußen, als endlich jemand von Mamas Handy antwortet. Ist es wirklich ihre Stimme? Ja, kein Zweifel. Sie redet nur so, als wäre ich ein Fremder: „Bitte wählen Sie diese Nummer …" Dann wiederholt sie eine siebenstellige Nummer in Kampala zwei Mal und legt auf.

Sofort wähle ich diese neue Nummer. Jetzt spricht sie, wie ich es von ihr kenne: „Mein lieber Junge, ich weiß nicht, ob meine andere Nummer abgehört wird. Bei jedem Anruf von Bekannten und Kollegen tagsüber habe ich verschiedene neue Nummern genannt, die alle nicht funktionieren. Nur dir habe ich die korrekte genannt, die zu einer neuen SIM-Karte führt, die ich erst eben in dein Smartphone getan habe. Es wird nicht für immer funktionieren, aber vielleicht für ein paar Stunden, bis …", sie holt tief Atem, „… bis du in Sicherheit bist!"

„Was haben die Kerle heute früh mit dir gemacht, Mama?", will ich nun doch erst wissen.

„Sie wollten vor allem erfahren, wo du bist … aber das weiß ich ja selbst nicht. Zum Glück. Bitte sag auch jetzt nichts dazu am Telefon! Dann versuchten sie noch, mir mit allen möglichen Drohungen Angst zu machen. Aber solange sie dich nicht haben, können sie mir mit gar nichts Angst machen!"

Bevor ich viel weiterfragen kann, gibt sie mir nur eine einzige Anweisung: „Mein lieber Junge … kennst du jemand Zuverlässigen, der etwas für dich abholen kann? Es muss nur noch heute Nacht sein und vor morgen früh um sechs."

Ich denke an Betty und sage nur: „Ja, Mama!"

„Hör gut zu, David: Bitte sende mir eine SMS, wann und wo ich dieser Person in Kampala etwas schicken kann. Ich selbst werde nicht wegkommen, da wieder jemand hier auf der Straße alles im Blick hat. Komm du auch keinesfalls hier vorbei. Alles verstanden?"

Ich bin so beeindruckt von Mama, dass ich nur nicke, was sie natürlich nicht sehen kann.

„David?", fragt sie besorgt nach.

„Ja, Mama, alles klar ... ich schicke dir eine SMS später."

„Gut, David ..." – und nach einer Pause: „Vergiss niemals: *Nkwagala*!"

„Ich dich auch", antworte ich noch. Aber da hat sie die Verbindung schon unterbrochen.

Erst gegen zwei Uhr nachts kommt Betty müde von ihrem Kellner-Job. Als ich ihr von Mamas Plan berichte, sagt sie nur: „Los, nun schick schon die SMS – deine Mutter wird sich längst Sorgen machen."

Als Treffpunkt geben wir ein KFC-Restaurant in der Nähe der Kinderklinik an, das Tag und Nacht geöffnet hat. Betty wird dort in einer halben Stunde sein können. Nur eine Minute später haben wir eine SMS zurück von Mama: „*Yee* – ja. Joanna." Ich bin sicher, dass sie einverstanden ist und Joanna, ihre liebste Kollegin in der Klinik, schicken wird. James Bond ist nichts gegen Mama!

Nervös warte ich in Bettys Zimmer, bis sie zurück ist. Endlich ist sie wieder da, völlig außer Atem. Aber alles scheint nach Plan gelaufen zu sein. Mama hat einen kleinen Rucksack für mich gepackt, darin frische Wäsche, etwas Obst und mein Smartphone. Als ich es einschalte, sehe ich: Voll geladen und mit mehr Data, als ich je zuvor hatte.

Zuletzt gibt mir Betty einen Briefumschlag. Darin ein handgeschriebener Brief von Mama, mehrere Geldscheine und eine Busfahrkarte. Auf der Karte steht ausgedruckt: Kampala – Kabale, ab 6.00 Uhr, Jaguar Busbahnhof.

Das Bargeld ist mehr als ein halber Monatslohn von Mama.

Zuletzt lese ich Mamas Brief:

*Mein lieber David,*
*es ist so schwer für mich, dich aus Uganda weggehen zu lassen. Aber dein Leben ist das Wichtigste – und du hast das meiste davon noch vor dir.*

*Vergiss nie: Wir haben einander im Herzen!*

*Nun sei stark, wie auch ich es zu sein versuche.*

*Nimm den ersten Bus morgen früh nach Kabale. Wir haben da doch früher gewohnt und unsere alte Nachbarin, Mama Obuja, wird dich aufnehmen. Du weißt noch, wie du vom Busbahnhof dorthin kommst, ja?*

*In Kabale wirst du ein paar Tage bleiben müssen. Denn ich bin noch nicht sicher, wie lange es dauert, bis ich für dich einen falschen Pass bekommen kann. Damit du Uganda verlassen kannst. Aber ich habe eine Idee.*

*Ich habe einiges gelernt in meinem Leben, damals, als fast meine ganze Familie von jenem furchtbaren Diktator ermordet wurde. Damals war ich ein Kind. Heute bist du mein Kind, und niemand darf dir etwas zuleide tun. Ich werde wie eine Löwin für dich kämpfen. Und einmal werden wir uns wiedersehen.*

*Wenn du diesen Brief gelesen hast, musst du ihn sofort vernichten.*

*In Kabale werde ich Mama Obuja eine WhatsApp-Nummer zukommen lassen ... vermutlich eine neue unter anderem Namen, sodass wir – hoffentlich – in Kontakt bleiben können. Ich werde dich nicht auf deinem Smartphone anrufen, weil dies deinen Aufenthaltsort anderen verraten könnte.*

*Nkwagala – immer. Deine Mama*

Ich schäme mich nicht vor Betty, als sie sieht, wie mir Tränen übers Gesicht laufen, während ich den Brief über einem Aschenbecher verbrenne. Sie bleibt sogar mit mir wach, bis ich um halb fünf zum Busbahnhof aufbrechen muss. Bis dahin reden wir einfach über unsere Leben, wie wir merkten, dass wir anders sind als die meisten anderen, und hören Musik. Kein Zurück mehr. Ich kann nicht ändern, wie ich bin. Erst unten beim Lieferanteneingang nehmen wir richtig Abschied.

„*Tambula bulungi* – gute Reise, David!“, sagt Betty leise und umarmt mich fest.

Ich bekomme kein Wort heraus und erwidere nur ihre Umarmung.

Niemand beachtet mich am Bahnhof. Der Bus ist fast voll und fährt mit nur einer halben Stunde Verspätung ab. Meinen kleinen Rucksack habe ich unter meinen Sitz geschoben, aber mit einem Schnürsenkel an meinem Bein so festgebunden, dass ihn niemand stehlen kann, falls ich unterwegs einschlafen sollte.

Obwohl ich einen Fensterplatz habe, mag ich gar nicht hinausschauen, solange wir noch in der Stadt sind.

# Kabale und Hamburg, im Juni

Obwohl der Bus unterwegs eine Motorpanne kurz hinter Mbarara hat und gut zwei Stunden nicht weiterkommt, sind wir dann doch am frühen Nachmittag am Busbahnhof von Kabale.

Einige Touristen steigen hier um, denn dies ist die direkte Route zum bekannten nationalen *Mgahinga* Naturpark an der Grenze zu Kongo und Ruanda, wo noch freilebende Gorillas beobachtet werden können. Ich war selbst noch nie dort. Aber es muss beeindruckend sein, da es dort auch noch ein großes Gebiet mit aktiven Vulkanen gibt. Meine Grundschullehrerin in Kabale hatte uns einmal Fotos davon gezeigt, die ich nie vergessen habe.

Tatsächlich finde ich leicht meinen Weg zu unserem früheren Wohnhaus am Stadtrand, das wir von Mama Obuja gemietet hatten, die in einem bescheidenen Nachbarhaus lebt. Schon von Weitem sehe ich sie auf einer Bank im Garten unter einem großen Apfelbaum sitzen. Ihr Haar ist inzwischen grau geworden. Doch erkennt sie mich sofort, als ich ihr vom Gartentor zuwinke.

„*Nsanyuse okukulaba* - willkommen, David!", ruft sie mit einer heiseren Stimme. „Du bist ein Mann geworden!", fügt sie hinzu und lacht dabei. Sie hat tatsächlich keinen einzigen Zahn mehr.

Ich gehe auf sie zu und begrüße sie ebenfalls mit der ihr zustehenden Achtung: „*Gyebale ko, nnyabo* – ich grüße Sie, gute Frau!"

Nach der formalen Begrüßung erhebt sie sich und winkt mich zu sich. Dann nimmt sie mich wie eine Großmutter in die Arme und sagt leise in mein Ohr: „Armer Junge. *Nsonyiwa* - es tut mir so leid. Jeder kann nur der Mensch sein, zu dem Gott sie oder ihn machte …"

Ich weiß, dass sie mich niemals verraten wird. Wenig später zeigt sie mir das kleine Gästezimmer, das gleich neben dem Stall ist. Noch immer hat sie zwei Kühe dort, deren Stampfen und Schnauben mich an eine glückliche Kindheit hier erinnert. Sogar frisches Brot und selbstgemachten Käse hat sie für mich bereitgestellt. Und einen Krug mit kühlem frischem Wasser vom Brunnen.

Eine neue *WhatsApp*-Nummer von Mama ist noch nicht auf ihrem Handy angekommen. Aber immerhin: Es gibt einen stabilen Internetempfang hier.

Meine erste Nachricht geht an Betty: „*Webaale* – danke für alles, Betty! Bitte lass meine Mutter wissen, dass ich bei meiner ersten Station gut angekommen bin. Nur das. D."

Dann logge ich mich bei *Planet Romeo* ein und klicke bei *Work for Love* – es gelingt beim ersten Mal.

**Kabale** *Hallo David: Bitte verzeih mein Schweigen gestern. Ich dachte so sehr an dich. Aber es ging nicht. Ich musste mich verstecken.*

**Hamburg** *Hallo FF4: Wir haben uns echt Sorgen gemacht. Gut, von dir zu lesen. Wo bist du jetzt?*

**Kabale** *Hallo David: Ich musste abhauen aus Kampala. Echt in letzter Minute, bevor mich die Polizei abholen wollte. Die Nacht verbrachte ich bei einer Freundin. Heute früh bin ich mit dem Bus gut 400 Kilometer in eine kleine Stadt gefahren, nicht weit von der Grenze zu Ruanda. Da bin ich jetzt.*

**Hamburg** *Hallo FF4: Bist du da sicher?*

**Kambale** *Hallo David: Einigermaßen. Kaum jemand kennt mich hier. Ich wohne hier bei einer lieben alten Frau, die mich schon als Kind kannte.*

**Hamburg** *Hallo FF4: Wie lange willst du da bleiben?*

**Kabale** *Hallo David: Um aus Uganda wegzukommen und in ein Nachbarland reingelassen zu werden, brauche ich einen Pass. Auf den warte ich hier.*

**Hamburg** *Hallo FF4: Einen echten oder einen gefälschten? Ist das teuer? Wer hilft dir?*

**Kabale** *Hallo David: Meine Mutter. Hat sie mir zum Abschied gesagt. Ich hoffe, die Polizei lässt sie in Ruhe. Gedroht haben sie ihr schon.*

**Hamburg** *Hallo FF4: Womit denn?*

**Kabale** *Hallo David: Dass sie ihre Arbeit als Krankenschwester verliert. Oder noch schlimmer: Dass sie eine Gefängnisstrafe bekommt, weil sie ihren kriminellen Sohn und seine Freunde unterstützt.*

**Hamburg** *Hallo FF4: Echt wahr?*

**Kabale** *Hallo David: Echt wahr! Ich will auch was fragen. Kann ich?*

**Hamburg** *Ja klar – was denn?*

**Kabale** *Hallo David: Wenn ich es schaffe, hier rauszukommen – was brauche ich, um bei euch in Deutschland reinzukommen? Vielleicht erst mal nur zu Besuch?*

**Hamburg** *Hallo FF4: Das wird nicht leicht. Aber wir versuchen es von unserer Seite. Vielleicht hilft es, wenn du schon mal eine feste Anschrift bei mir und meiner Schwester hast.*

**Kabale** *Hallo David: Das wäre klasse. Ich muss wissen, wohin ich von hier weiterkann. Wenn ich erst mal einen Pass habe. Egal, ob echt oder gefälscht.*

**Hamburg** *Hallo FF4: Ich versuche, mehr herauszubekommen – und melde mich wieder, ja?*

**Kabale** *Hallo David: Du meldest dich echt wieder, ja?*

**Hamburg** *Hallo FF4: Versprochen. Ehrenwort, nennen wir das hier.*

**Kabale** *Hallo David: Danke heißt bei uns Weebale. Ganz viel Weebale, David.*

**Hamburg** *Hallo FF4: Okay, Mann. Muss jetzt leider Schluss machen. Bin noch auf Arbeit, und unser Aufseher nervt schon. Pass auf dich auf, Freedom Fighter!*

**Kabale** *Hallo David: Du auch und bitte grüße deine Schwester Michelle und deinen Freund Martin … bis morgen, ja?*

**Hamburg** *Pause – Pause – Pause – Abbruch.*

**Hamburg**

Dass unser Abteilungsleiter im Supermarkt sauer ist, weil ich über eine Viertelstunde auf dem Klo war, macht mir gar nichts. Jetzt in meinen Schulferien mache ich Urlaubsvertretung für andere, da soll er mal froh sein. Dass Abdul nachfragt, wie es dem „schwulen Jungen aus Kampala" geht, freut mich dagegen sehr. Offensichtlich ist es ihm nicht egal.

Gut ist auch, dass wir am selben Mittwochabend ein informelles Treffen der *Safe Space* Gruppe haben und ich so Leila, Hassan und Mustafa einiges fragen kann. Michelle hat sich entschlossen, ebenfalls mitzukommen, und Frau Gonzales gefragt, ob sie auf Marco aufpassen würde. Macht sie, die Gute.

Bevor wir gehen, hat Michelle für den Kleinen einen Extrabecher seiner Lieblings-Babynahrung *Karotte mit Huhn* vorbereitet. Frau Gonzales habe ich eine Flasche Eierlikör mitgebracht, den sie besonders gern mag und der diese Woche im Angebot bei uns ist.

Als wir im *mhc* eintreffen, sind auch Martin und Chris schon da. Ich berichte Michelle und Martin, dass der Junge aus Uganda sich ihre Namen gemerkt und ihnen Grüße bestellt hat. Beide sind hin und weg. „Wir dürfen ihn nicht im Stich lassen!", ruft Martin und holt Getränke für uns alle.

Ab dann aber bekommen wir nur noch von Problemen zu hören, nachdem wir Leila, Hassan und Mustafa berichtet haben, was wir bis jetzt wissen.

Zuerst Leila: „Also, Uganda ist schon mal gar nicht als Asylland anerkannt. Er müsste deshalb erst individuell nachweisen, dass er verfolgt ist und sein Leben bedroht."

„Das kann er doch wohl!", sagt Chris. Deutliche Empörung ist in seiner Stimme zu hören.

„Na ja, er müsste dann auch nachweisen, dass er schwul ist und deswegen schon verfolgt wurde", äußert sich nun auch Hassan eher nachdenklich. „Da haben wir es selbst bei Said schwer bei unseren Anträgen hier – und der ist immerhin schon achtzehn und wurde medizinisch nachweisbar gefoltert."

Martin fragt nach: „Wie soll man denn nachweisen, dass man schwul oder lesbisch ist? Dass ist ja nicht jedem anzusehen …" Und mit einem Grinsen fügt er hinzu: „Wie bei mir." Chris grinst zurück. Zwischen den beiden hat es wirklich gut gefunkt.

Dann bringt Michelle unser stärkstes Argument ein, jedenfalls wie wir bis zu diesem Moment dachten: „Immerhin kann er doch schon mal bei uns wohnen und muss nicht in so ein blödes Flüchtlingsheim! So macht er auch niemand Kosten."

„Muss er doch", erklärt Leila ruhig. Offensichtlich hatte sie schon mit mehr Ahnungslosen wie uns zu tun.

Geduldig fährt sie fort. „Alle Asylbewerber müssen die ersten Monate in ein sogenanntes Erstaufnahmelager. In der Zeit dürfen sie auch nicht arbeiten. Da soll alles sorgfältig geprüft werden: Ob ihre Geschichte überhaupt stimmt und sie nicht vielleicht Terroristen sind. Und ob ihre Papiere korrekt sind. Und …"

„O Gott!", melde ich mich zum ersten Mal zu Wort. „Bei unserem Freund aus Uganda stimmen sicher die Papiere nicht. Der Junge wartet jetzt an der Grenze zu Ruanda auf einen gefälschten Pass, um überhaupt rauszukommen. Außerdem ist er erst sechzehn …"

Leila übersetzt trocken in deutsche Amtssprache: „Also ein unbegleiteter jugendlicher Flüchtling?"

„Ja", antworte ich verzagt. „So was."

Es ist Michelle, die irgendwann wütend nachbohrt: „Ja, sollen wir ihn denn da einfach hängen lassen?"

Zum ersten Mal zeigt Leila wieder ein Lächeln. „Natürlich nicht, Michelle. Aber ihr solltet alle Gesetze kennen, damit ihr wisst, worauf ihr euch da einlasst."

Jetzt lenkt auch Michelle ein, immerhin ist Leila ihre netteste Kollegin auf der Arbeit. „Hast ja recht, Leila", meint sie versöhnlich. „Aber es ist doch wirklich ungerecht, nicht?"

„Ja", sagt Leila. „Das ist es."

Den Rest des Abends berichten Hassan und Mustafa noch, dass auch sie Said nur mit einem gefälschten Pass aus dem Iran herausbekommen werden. „Wir haben inzwischen sogar Kontakt zu seiner Mutter", erzählt Hassan.

Seit mehreren Wochen kümmern sich die beiden in jeder freien Minute um Said. Und wir haben gerade erst begonnen.

Es ist schon spät, als wir aufbrechen. Unter der Woche schließt das *mhc* meist um Mitternacht. Wir sind die letzten Gäste, die aus dem Keller ins Café hochkommen. Barmann Michael nickt uns freundlich zu. „Na, wie viele Leben habt ihr heute Abend wieder gerettet?"

Mustafa schaut ihn ernst an. „Blödmann!" Aber dann lachen beide.

Als Michelle und ich heimkommen, läuft der Fernseher noch. Aber sowohl Marco als auch Frau Gonzales sind auf dem Sofa im Wohnzimmer nebeneinander eingeschlafen. Marcos Becher mit Babynahrung ist noch voll, die Flasche Eierlikör halbleer. Michelle trägt ihren Kleinen ins Bett, ohne dass er wach wird. Dass geht bei Frau Gonzales leider nicht.

Vorsichtig berühre ich sie an der Schulter, um sie aufzuwecken. „*Hola*", ruft sie erschrocken und aus weiter Ferne kommend. Dann scheint sie sich doch zu erinnern, wo sie ist, sieht auch die halbleere Flasche auf dem Tisch und murmelt etwas wie: „*Excusa, excusa …*"

„Macht doch nichts, Frau Gonzales", sage ich beruhigend und meine es auch so. Was sollten wir ohne sie anfangen.

Es ist zu spät, jetzt noch auf *Planet Romeo* zu gehen.

Bis morgen werde ich mir gut überlegen müssen, wie ich dem *Freedom Fighter* Mut machen kann, ohne ihm etwas vorzumachen. Keine leichte Sache.

# Kabale, im Juli

Die ersten Tage und Nächte in Kabale sind beinahe unwirklich entspannt und gut. Fast wie Ferien. Tagsüber helfe ich Mama Obuja im Garten und besonders gern mit den Kühen auf der Weide oder im Stall. Ihre Kinder und Enkelkinder leben alle in Kampala und kommen nur selten, wie sie sagt. An den eher kühlen Abenden sitzen wir zusammen bei einem kleinen Feuer und erzählen Geschichten.

Einen Fernseher will sie nicht. „Macht mich nur nervös“, erklärt sie.

Leider funktioniert der *WhatsApp*-Plan von Mama erst nicht. Zwei Mal gibt sie an Mama Obuja Handynummern aus Kampala durch, die jedoch keine *WhatsApp*-Verbindung herstellen. Aber zumindest weiß sie, dass ich hier in Sicherheit bin. Und ich kann darauf vertrauen, dass sie alles tut, um meine weitere Flucht zu unterstützen.

Die Grenze zu Ruanda ist nur zwanzig Kilometer entfernt. Ich könnte ohne Probleme in gut fünf Stunden hinlaufen. Aber ich will doch lieber warten, bis ich einen Pass habe, um nicht illegal über die Grenze gehen zu müssen. Und dann für ewig in Ruanda festzusitzen.

Von den beiden Organisationen aus den USA und England, denen ich geschrieben hatte, bekomme ich nur allgemeine Hinweise über Verfolgungen sexueller Minderheiten in mehreren afrikanischen Ländern sowie Kontonummern, wo man Spenden für Flüchtlinge wie mich überweisen kann. Vermutlich habe ich mich nicht gut ausgedrückt in meinen Anfragen. Aber Amerika und England sind auch weit weg.

Durch David in Hamburg ist Deutschland plötzlich näher gerückt – zumindest in meinen Träumen. Letzte Nacht habe ich *Hamburg* gegoogelt: Viele bunte Bilder von einem Riesen-Hafen habe ich gesehen, von einem See mitten in der Stadt und einem großen grünen Park. Alles sauber und aufgeräumt. Und um Weihnachten ist dort Winter mit Schnee und Eis, oft unter null Grad. Wie kann man da nur leben, ohne zu erfrieren? Wie bekommen die Leute ihre Häuser warm? Ob es auch bettelnde Straßenkinder in Hamburg gibt?

Hamburg ist fast so groß wie Kampala mit etwas weniger als zwei Millionen Einwohnern. Einer von ihnen ist David.

Jener große schlanke Junge, nur zwei Jahre älter als ich. So ein Bruder wäre toll. Jeden Abend, seit ich in Kabale angekommen bin, chatten wir kurz. Länger geht nicht, denn ich muss sparsam mit meinen Data umgehen. Seine wichtigsten Sätze habe ich mir in ein kleines Heft notiert, das Mama Obuja mir geschenkt hat. Sie auf meinem Smartphone zu bewahren, wäre zu gefährlich.

Nur das Foto von David, jenes aus dem Schwimmbad, wo er nur eine Badehose trägt, habe ich nicht gelöscht. Ich wünsche mir so sehr, dass wir uns einmal in Wirklichkeit sehen. Meinen Namen will ich erst verraten, wenn ich raus bin aus Uganda.

In meinem kleinen Heft habe ich folgende Sätze von David notiert:

*Es wird nicht leicht werden. Aber wir tun hier, was wir können.*

*Du bist uns wichtig geworden, Freedom Fighter.*

*Mehr und mehr Flüchtlinge aus Afrika wollen nach Europa und vor allem nach Deutschland. So gibt es leider auch Politiker hier, die das verhindern wollen.*

*Das größte Problem wird sein, dich an die Grenze zu Deutschland zu bekommen. Denn nur dann kannst du hier einen Antrag auf Asyl stellen. Deutschland liegt nicht am Mittelmeer, leider. Und weit weg von Afrika.*

*Wie geht es deiner Mutter in Kampala? Michelle, Marco und mir geht es gut.*

*Michelle meint, du kannst bei uns im Wohnzimmer auf dem Sofa schlafen. Du kannst aber auch bei mir im Zimmer übernachten.*

Spontan rutschte mir heraus:

*Hallo David: Lieber bei dir im Zimmer.*

Und er: *Okay, wird gemacht. Gern!*

Über das „gern“ freue ich mich besonders. Hoffentlich findet er auch mich *kuchu* – gut aussehend. Ich hatte noch nie Sex mit einem weißen Jungen. Ob er schon mal mit einem dunkelhäutigen Jungen? Ich traue mich nicht, es zu fragen. Vorerst noch nicht.

Am fünften Tag funktioniert plötzlich doch eine *WhatsApp* Nummer von Mama – endlich. Gerade habe ich die beiden Kühe zum Melken in den Stall gebracht. Die müssen eben warten. Mama und ich sind überglücklich.

„Mama, kann ich offen reden?“

„Kannst du, mein Junge. Niemand kennt diese Verbindung. Wie geht es dir und Mama Obuja?“

„Hier ist alles wunderbar, Mama. Fast wie Urlaub. Soll ich nicht einfach hier warten, ob sich alles beruhigt? Wie geht es dir?“

„Du hast keine Nachrichten gesehen, nicht?“

„Was ist denn passiert, Mama? Hier gibt es immer noch keinen Fernseher.“

„Wirklich furchtbar: Es soll einen neuen Antrag im Parlament geben, um doch noch die Todesstrafe für Homosexuelle in Uganda einzuführen. Gestern haben einige tausend Menschen in Kampala dafür protestiert. Anne hat ihre Arbeit im Pflegeheim verloren, weil ein Kollege sie als lesbisch anzeigte. Pepe wurde auf dem Nachhauseweg angepöbelt – als abartig. Zwei Betrunkene haben versucht, ihn auszuziehen, mitten auf der *Straße*. Er konnte nur knapp entkommen und hat sich jetzt ebenfalls irgendwo versteckt.“

„Und du, Mama? Was ist mit der Anzeige gegen dich?“

„Bin nicht sicher. Bisher habe ich keinen Termin beim Gericht. Meinem Anwalt von SMUG haben sie gesagt, dass sie die Anzeige fallen lassen würden, wenn ich ihnen verrate, wo du bist.“

„Okay, ich werde weiter hier warten, Mama. Aber noch etwas Gutes von mir – weißt du was?“

„Was denn, David?“

„Erinnerst du dich noch an den Jungen aus Deutschland, der auch David heißt? Er versucht da mit seiner Schwester und einigen Freunden, dass ich zu ihnen kommen kann.“

„Das ist verrückt. Lies‘ mal die Zeitungen, David. Niemand will Afrikaner in Europa.“

„Aber David ist anders, Mama!“

„Ach, mein lieber Junge. Träum mal schön, aber glaube nicht alles. Hinterher bist du nur enttäuscht. Die meisten Europäer, die nach Uganda kommen, sind mehr an den Gorillas als an den Menschen hier interessiert. Das weißt du doch selbst.“

„Aber David ist anders“, wiederhole ich, weil mir nichts Besseres einfällt.

Wenig später beenden wir das Gespräch. Ich spüre bei David, dass er mir echt keine falschen Hoffnungen machen will. Er postet immer wieder ehrlich von all den Schwierigkeiten. Gerade das macht mir Vertrauen.

So froh ich bin, Mutters Stimme gehört zu haben und zu wissen, dass sie erst mal nicht weiter akut bedroht ist, so traurig bin ich zu erfahren, was Anne und Pepe widerfahren ist. Und dass ich wohl doch erst mal nicht zurückkann.

Ich melke die Kühe und bringe die warme Milch zu Mama Obuja. Sie freut sich mit mir, dass ich endlich mit Mama reden konnte. Von den Demos gegen uns in Kampala sage ich kein Wort.

In Mama Obujas Wohnzimmer gibt es einen alten Atlas, aber doch mit genauen Karten aller afrikanischen Länder, seit sie unabhängig von den verschiedenen europäischen Kolonialherren wurden. Aufmerksam studiere ich die Nachbarländer, in die ich gehen könnte. Welche haben einen großen Bahnhof – oder gar einen Flughafen, um von da aus weiterzukommen, wenn nötig?

Die nächste Hauptstadt von hier aus ist eindeutig Kigali, ziemlich in der Mitte von Ruanda. Kleiner als Kampala, hat Kigali weniger als eine Million Einwohner. Aber doch groß genug, um eine Weile untertauchen zu können.

Kaum jemand kann sich noch vorstellen, dass dort vor einem Vierteljahrhundert über 800.000 Menschen in nur drei Monaten abgeschlachtet wurden – eine Bevölkerungsgruppe aufgehetzt gegen die andere.[19]

Außerdem gibt es dort keine Gesetze gegen sexuelle Minderheiten, auch wenn uns Leute aus Kigali, die zu Besuch in Kampala waren, erzählt haben, dass sie sich nirgends offen zeigen können. „Dann bekommen wir meist Ärger!“, meinten sie.

Alle anderen Hauptstädte sind aber nicht nur viel weiter weg, sondern liegen auch in Ländern, wo es strenge Strafen gegen Menschen wie mich gibt: Lange Haftstrafen in Kenia, Tansania und Burundi. Im Südsudan und in Somalia sogar die Todesstrafe.

Im Garten von Mama Obuja träume ich immer öfter von einem Leben ganz weit weg. In einem Land, wo ich einschlafen und aufwachen kann, ohne Angst haben zu müssen. Wo ich leben darf, wie Gott mich geschaffen hat.

Ob David und seine Freundinnen und Freunde in Hamburg immer glücklich sind? Längst habe ich im Internet gelesen, dass es dort sogar Gesetze gibt, die erlauben, dass zwei Frauen oder zwei Männer heiraten oder auch Kinder adoptieren. Was für ein Glück muss das sein!

Zehn Tage vergehen ohne besondere Vorkommnisse. Um ehrlich zu sein: Es ist gut hier in Kabale. Klar vermisse ich Mama und meine Freundinnen und Freunde aus Kampala. Aber es herrscht ein einfacher Frieden in dieser kleinen Welt von Mama Obuja, ihren zwei Kühen und mir. Kontakte zu Nachbarn vermeide ich eher, um keine unnötigen Fragen aufkommen zu lassen.

Den wenigen, die hier vorbeikommen, um etwas abzuliefern oder Nachrichten aus ihrer Kirche zu teilen, erzählt Mama Obuja, dass ich eines ihrer vielen Enkelkinder aus Kampala bin, länger krank war und hier zur Erholung sei.

Von David aus Hamburg weiß ich, dass sie hart daran arbeiten, einen Asylantrag für mich vorzubereiten, sollte ich es tatsächlich bis an eine deutsche Grenze schaffen. Und sie würden bereits Geld für mich sammeln, falls ich irgendwo hängenbleiben sollte und für die Weiterfahrt bezahlen müsste. Bis jetzt habe ich von Mutters großen Scheinen nicht einen angerührt.

Mama Obuja besteht darauf, nichts von mir anzunehmen. „Du hilfst mir genug im Garten, David! Außerdem ist es schön, dich hier zu haben."

Dies alles geht gut, bis Mama eines Abends große Veränderungen ankündigt. Ihre Stimme via *WhatsApp* klingt plötzlich anders als sonst – aufgeregt, angespannt:

„David, du musst jetzt gut zuhören. Morgen Abend gehst du in das Mparo-Krankenhaus von Kabale, wo ich früher arbeitete. Dort fragst du nach Dr. Masane. Bist du noch dran, Junge?"

„Ja, Mama."

„Hast du den Namen gut gehört? Dr. Masane. M–A–S–A–N–E."

„Ja, Mama."

„Geh nur zu ihm und zu niemand anderem. Sollte er nicht da sein, geh' wieder nach Hause und probiere es übermorgen Abend wieder."

„Was soll ich denn bei Dr. Masane?"

„Er hat etwas sehr Wichtiges für dich, David. Mehr darf ich dir nicht sagen."

„Ist gut, Mama, ich bin dort morgen Abend. Gleich nach Einbruch der Dunkelheit. Bei der Notaufnahme – Dr. Masane."

„Gut, mein Junge. Bitte sende mir eine Nachricht, wenn du zurück bist."

„Mache ich, Mama."

„*Nkwagala*, David."
„Ich dich auch, Mama."

Zu Mama Obuja sage ich erst mal lieber nichts. Nur dass ich etwas für Mutter vom Krankenhaus abholen soll.

„Sollen wir es ihr dann mit dem Postbus schicken?", fragt sie.

„Mal sehen", entgegne ich ausweichend.

Es ist die erste Nacht, die ich unruhig schlafe in Kabale. Immer wieder wache ich auf. In einem Albtraum sehe ich Julians Vater, wie er sich hinter einem Polizeiauto versteckt und plötzlich auf mich losstürmt, als ich näher komme. Er hat denselben Spaten in der Hand, mit dem er damals auf seinen Sohn einschlug.

Schweißgebadet und mit einem Schrei wache ich auf. Zum Glück ist Mama Obuja schwerhörig. Ihr ruhiges Schnarchen kommt aus dem Nebenzimmer.

Nur langsam vergeht der Tag. Meine Umgebung wirkt zum ersten Mal nicht friedlich, sondern blind und ignorant auf mich. Niemand kümmert sich hier darum, ob woanders Menschen um ihre Freiheit oder gar ihr Leben bangen müssen.

Endlich geht die Sonne unter, und ich mache mich auf den Weg in die Stadt. Obwohl es viele Jahre her ist, finde ich den Weg zum Mparo-Krankenhaus ohne Probleme. Es liegt in der Nähe des Hauptpostamtes, und jeder kennt es in Kabale. Den Namen des Arztes dagegen habe ich noch nie gehört: Dr. Masane.

Gerade als ich mich bei der Notaufnahme in die Warteschlange einreihen und nach ihm fragen will, fährt ein Krankenwagen mit Blaulicht vor. Die beiden Sanitäter beeilen sich, eine offensichtlich schwerverwundete junge Frau auf einer Trage vorsichtig herauszuschieben. Eine Schwester hat bereits ein fahrbares Gestell herbeigeholt, worauf die Trage gehievt werden kann. Es scheint wirklich um Leben und Tod zu gehen.

„Bestimmt ein Verkehrsunfall!", meint ein älterer Mann in der Schlange vor mir.

Als er dran ist, wird er zuerst nach Namen und Geburtsdatum gefragt. Was soll ich nur sagen? Ich setze alles auf eine Karte und erkläre nur: „Ich habe einen Termin bei Dr. Masane."

Die junge Frau hinter der Glasscheibe schaut kurz auf und wählt eine Nummer auf dem altertümlichen Telefon neben ihr. Dann schaut sie zu mir. „Er holt Sie gleich ab. Bitte warten Sie beim Eingang."

Ich mache Platz für den nächsten Patienten. Noch bevor ich beim Eingang bin, kommt ein junger Mann im weißen Arztkittel auf mich zu. „Bist du der Sohn von Oberschwester Kutala?"

„Ja, und Sie sind Dr. Masane?"

Er nickt und geht eilig voraus über einen langen Gang bis zu einem kleinen Büro. Als wir beide drinnen sind, schließt er die Tür und sagt ruhig, aber ohne einen Moment Zeit zu vergeuden:

„Deine Mutter hat mir als Kind das Leben gerettet. Tuberkulose. Es gab nur wenig Medikamente. Deine Mutter hatte genug für mich. Ich werde ihr immer dankbar sein."

Dann holt er einen großen braunen Papierumschlag aus einer Schublade und überreicht ihn mir. „Das gab mir deine Mutter vor zwei Tagen in Kampala. Sie sagte, es ginge erneut um Leben und Tod. Ich habe nicht nachgefragt. Ich vertraue deiner Mutter. Ich wünsche dir alles Gute, mein Junge!"

Bevor ich auf den Gang trete, stopfe ich den Umschlag oben in meine Hose und ziehe mein T-Shirt darüber, sodass nichts zu sehen ist. Ohne Umwege gehe ich direkt zurück zu Mama Obujas Haus. Als sie mich mit leeren Händen kommen sieht, fragt sie besorgt: „Ist das Paket nicht angekommen?"

„Doch", sage ich, aber gehe dann direkt hinter das Haus, wo ausreichend Licht von einer Straßenlaterne herüberscheint. Aufgeregt reiße ich den Umschlag auf. Als Erstes fällt ein grüner Pass heraus.

Ich bücke mich und schlage ihn nervös auf: Republik von Uganda. Ein Foto von meinem letzten Schülerausweis. Dann der Name: Dennis Kadaga. Mein Geburtsjahr ist zwei Jahre früher angegeben. Demnach bin ich jetzt achtzehn.

Der Name Kadaga lässt mich erst erschrecken. So heißt auch die ugandische Parlamentspräsidentin[20]. Jeder weiß, dass sie sich besonders stark gemacht hat für die Todesstrafe gegen Homosexuelle. Egal, sie hat eine große Familie, vielleicht gibt es da auch irgendwo eine lesbische Nichte oder einen schwulen Onkel. Jedenfalls gibt es mich ab heute: Dennis Kadaga!

In dem braunen Umschlag sind noch zwei Papiere: Ein Zettel mit Mamas Handschrift und der Ausdruck eines bereits bezahlten Flugtickets mit Barcode. Ich traue meinen Augen nicht, als ich die

Bestimmungen lese: One way Kigali – Lagos. RwandAir Flug 202, täglich 9.00 Uhr, noch ohne Datum.

Warum soll ich um Himmels willen von Kigali nach Lagos in Nigeria fliegen, einer Gigastadt mit über zwanzig Millionen Menschen? Ist hier etwas aus Versehen völlig durcheinandergeraten?

Doch Mutters Brief ist eindeutig:

*Mein lieber Junge,*
*hier ist also dein neuer Pass – du wirst nie glauben, wie ich ihn und das Flugticket bekommen habe. Halt dich fest – von deinem Vater. Er lehrt ja jetzt Medizin an der Uni, und ich bin einfach in seine Sprechstunde gegangen und habe gesagt: Dein Sohn ist in Lebensgefahr. Das letzte Mal sprach ich ihn, als du zwei Jahre warst.*

*Dann fuhr ich fort: Ich will nichts für mich. Aber einen Pass mit anderem Namen für ihn – und ein Flugticket von Kigali, um nach Europa zu kommen.*

*Und bevor ich mehr sagen konnte, antwortete er: Ist gut.*

*Ich ungläubig: Was?*

*Und er: Ja, ich kenne Julians Vater. Der kennt keine Skrupel.*

*Er hat mich dann innerhalb von vier Tagen wieder zu sich bestellt und mir den neuen Pass und das Flugticket gegeben. Aber warum Kigali – Lagos?*

*Er: Ich kenne da jemand, der David vielleicht weiterhelfen kann, nach Europa zu kommen. Ein türkischer Kollege. Direkt von Kigali geht gar nichts nach Europa, jedenfalls nicht, wenn er nicht mal ein Visum dafür hat.*

*Also, mein Junge: Nimm den nächsten Bus von Kabale nach Kigali, vielleicht einen wackeligen Kleinbus, die werden oft nachlässiger kontrolliert als die großen Reisebusse. Sind außerdem billiger. In Kigali such dir eine einfache Unterkunft, vielleicht ein Backpacker-Hostel. Dafür hast du mehr als genug Geld von mir.*

*In Kigali musst du zu einem Büro von Rwanda Airlines und dann deinen Flug nach Lagos für einen bestimmten Tag bestätigen. Wie gesagt, alles bezahlt und ausgestellt auf deinen Namen, den neuen.*

*Wenn du einmal dort bist, melde dich wieder bei mir. Bis dahin weiß ich von deinem Vater den Namen und eine Nummer des türkischen Arztes in Lagos.*

*Und vergiss nicht, auch diesen Brief sofort zu vernichten, wenn du ihn gelesen hast.*

*Nkwagala, Mama.*

Mama Obuja hat bereits wieder das kleine Abendfeuer im Hof entzündet. Sie schaut zu mir auf, als ich mich neben sie auf die alte Holzbank setze.

„Morgen fahre ich weiter nach Kigali", sage ich ernst.

Sie überrascht mich: „Ich weiß. Deine Mutter hat mir gerade eine SMS geschickt und sich bedankt. Ihr braucht euch nicht zu bedanken. Es war schön, dich hier zu haben."

Ich beuge mich zu ihr und flüstere in ihr Ohr: „*Weebale*, Mama Obuja, *weebale*!" Dann lasse ich Mamas Brief über dem kleinen Feuer in Flammen aufgehen. Weil ich keine *WhatsApp*-Verbindung bekomme, sende auch ich Mama eine SMS von Mama Obujas Handy, damit sie weiß, dass so weit alles gut gegangen ist.

An diesem Abend erzählen Mama Obuja und ich keine Geschichten wie sonst. Später mache ich ein Selfie von Mama Obuja und mir, auch auf ihrem Handy. Ab dann sitzen wir nur still da und schauen in das Spiel der Flammen, die langsam zu rotglühender Asche werden.

Ich werde den ersten Postbus am Morgen nehmen, noch bevor die Sonne aufgeht. Er hat nicht weit von hier eine Haltestelle, ist immer übervoll, manchmal sogar mit Schafen und Ziegen.

Am Grenzposten von Katuna schaut ein ruandischer Beamter nur flüchtig nach unseren Papieren. Ohne Probleme drückt er mir einen Visum-Stempel für drei Monate in meinen Pass. Er scheint selbst müde vom langen Nachtdienst. Dann geht es weiter auf der RN 3 in Richtung Hauptstadt.

Gut drei Stunden später rollt der wacklige Bus eine der breiten Straßen aus nördlicher Richtung hinunter ins Zentrum von Kigali.

# Kigali und Hamburg, im August

## Kigali

Das Erste, was mir an diesem Vormittag auffällt, als wir durch Kigali mit unserem übervollen Postbus rumpeln: Alle Straßen sind sauber und ordentlich, es wird rechts gefahren (statt links wie bei uns im traditionell englischen Uganda) – und viele Reklametafeln sind auf Französisch.

An der zweiten Haltestelle bei der Avenue 9 klettere ich mit meinem Rucksack aus dem Bus. Es sieht hier freundlich und belebt aus, aber nicht chaotisch oder gar gefährlich: Kleine Läden, verschiedene Restaurants und alle möglichen Hostels und Herbergen.

Als ich mein Smartphone testweise einschalte, habe ich sofort offenes WLAN von einem nahen Lokal. Da ich die letzten beiden Nächte nur kurz und schlecht geschlafen habe, will ich mir zuerst ein Quartier suchen. Ich finde ein einfaches, aber anscheinend gerade renoviertes Hostel in einer ruhigen Seitenstraße, der 202ten Street. In großen blauen Blech-Buchstaben ist über dem Eingang der Name zu lesen: „Chez Louis“. Werde ich es mir leisten können?

Als ich eintrete, ist zunächst niemand in der kleinen Halle zu sehen. Dann kommt eine rundliche Dame aus einem Nebenraum, aus dem das Klappern von Geschirr zu hören ist. Die Frau von Louis? Sie wischt sich beide Hände an ihrer Schürze ab, strahlt mich dann einladend an und fragt mit ungewöhnlich tiefer Stimme: „Monsieur?“

Als ich auf Englisch antworte und nach einem freien Zimmer frage, schaltet sie locker auf Englisch mit französischem Akzent um. Ein einfaches Zimmer mit Frühstück und geteilter Dusche und Toilette auf dem Flur kostet 10.000 Ruanda Francs[21]. Ich erschrecke erst und rechne schnell auf meinem Smartphone aus, wie viel Uganda-Shilling das wären.

Erleichtert atme ich auf. Ein fairer Preis.

Zum ersten Mal gebrauche ich einen von Mutters großen Geldscheinen. Ich zahle für zwei Nächte im Voraus. Sie gibt mir einen ganzen Stapel Scheine von ihrer Währung zurück. Mehr werde ich erst später bei einer Bank umtauschen. Wenn ich weiß, wie lange ich hierbleibe. Sie schaut kurz in meinen Pass und achtet dann darauf, dass ich meinen Namen in ein Formular eintrage. Zum ersten

Mal: Dennis Kadaga. Eine Heimatanschrift in Kampala denke ich mir einfach aus.

Dann gibt sie mir einen Schlüssel und weist freundlich zu einem Aufgang am Ende der Halle: „Zimmer 14 im ersten Stock." Ich öffne die Tür und betrete das erste Mal im Leben ein eigenes Hotelzimmer: Ein frisch bezogenes Bett, auf dem zwei gefaltete Handtücher liegen, darüber ein gerahmtes Jesusbild. Unter einem Fenster ein Tisch und ein Stuhl. Wunderbar – was brauche ich mehr?

Erleichtert lasse ich mich auf das schmale Bett fallen. Alles ist nur gut gegangen bisher.

Mama müsste jetzt im Tagesdienst im Kinderkrankenhaus sein. Sie bekommt meine erste Nachricht aus Kigali: *Alles gut, Mama. Habe sogar schon ein Hotelzimmer in K. gefunden. Alles sauber und friedlich hier. Wir whatsappen heute Abend, ja? Nkwagala, D.*

Dann ziehe ich mich aus, packe ein Handtuch und mache mich auf die Suche nach der Dusche. Sie ist nur ein paar Zimmer weiter auf demselben Gang. Wieder habe ich Glück: Jemand hat eine halbvolle Flasche Shampoo dort stehen lassen, die ich mit in eine Kabine nehme. Das Wasser ist nur lauwarm, aber das macht nichts. Ein herrliches Gefühl, wie das saubere Wasser über mich läuft.

Da sonst niemand um diese Zeit hier ist, gehe ich noch mal ins Zimmer, um meine inzwischen schmuddelige Unterwäsche und ein Hemd zu holen. Ich wasche alles mit demselben Shampoo in einem kleinen Becken und hänge es dann in meinem Zimmer über die Gardinenstange am Fenster.

Danach gehe ich noch einmal hinunter auf die Straße zu einem kleinen Laden an der Ecke, um Brot, Bananen und Saft zu kaufen. Erst jetzt merke ich, wie lange ich nichts mehr gegessen habe. Ich nehme alles mit auf mein Zimmer. Das frische Brot schmeckt herrlich.

Es ist erst früh am Nachmittag, als ich zu David in Hamburg Kontakt aufnehme. Vielleicht habe ich Glück, und er ist noch nicht bei seiner Arbeit.

Ich habe Glück. Er ist sofort dran, als ich seinen Profilnamen eintippe.

**Kigali** *Hallo, David: Hier ist Afrika. Können wir senden?*

**Hamburg** *Hallo, FF4: Ja, super. Ich bin frei heute und daheim. Wo bist du?*

**Kigali** *Hallo David: Nur gute Nachrichten. Ich bin heil aus Uganda rausgekommen. Seit heute Mittag in Kigali.*

**Hamburg** *Hallo FF4: Klasse, gratuliere! Ruanda ist besser als Uganda, nicht? Ich meine, was die Achtung von Minderheiten angeht.*

**Kigali** *Hallo David: Ja, die Menschen hier hatten ihre bittere Lektion vor 25 Jahren. Wohin Diskriminierung und Hass* führen können. Alles sieht gut hier aus. Unglaublich ordentlich. Nicht so chaotisch wie in Kampala.

**Hamburg** *Hallo FF4: Wo wohnst du denn?*

**Kigali** *Hallo David: In einem kleinen Hotel in der Innenstadt. Habe ein Zimmer nur für mich. Luxus!*

**Hamburg** *Hallo FF4: Hast du auch genug Geld?*

**Kigali** *Hallo David: Vorläufig ja. Meine Mutter hat mir Bargeld mitgegeben. Und weißt du was?*

**Hamburg** *Hallo FF4: Was denn?*

**Kigali** *Hallo David: Ich habe einen eigenen Pass. Mit neuem Namen. Und bin jetzt genauso alt wie du!*

**Hamburg** *Hallo FF4: Wie heißt du denn jetzt? Oder ist das weiter geheim?*

**Kigali** *Hallo David: Ich bin jetzt Dennis Kadaga. Zumindest die Anfangsbuchstaben von meinem Vor- und Nachnamen stimmen.*

**Hamburg** *Hallo FF4: Soll ich dich jetzt erst mal Dennis nennen?*

**Kigali** *Hallo David: Ja, warum nicht. Ich muss mich schließlich dran gewöhnen.*

**Hamburg** *Hallo Dennis: Wie geht es deiner Mutter?*

**Kigali** *Hallo David: Sie wird derzeit wohl in Ruhe gelassen. Und sie ist froh, dass ich erst mal in Sicherheit bin. Aber sonst ist es weiter Horror in Kampala.*

**Hamburg** *Hallo Dennis: Was meinst du mit Horror?*

**Kigali** *Hallo David: Anne hat ihre Arbeit verloren, weil eine blöde Kollegin sie denunziert hat. Und Pepe ist nur knapp einem Überfall auf offener Straße entkommen. Auch er versteckt sich derzeit.*

**Hamburg** *Hallo Dennis: Echt Horror! Gut, dass du da weg bist. Und jetzt? Wie weiter?*

**Kigali** *Hallo David: Sag mir erst, wie es deiner Schwester geht? Und dem kleinen Marco. Und deinem Freund Martin.*

**Hamburg** *Hallo Dennis: Michelle ist mit Marco und ihrer besten Freundin Ayşe im Urlaub bei deren Oma in Antalya. Und Martin geht es weiter gut mit Chris, seinem Traummann.*

**Kigali** *Hallo David: Wo ist Antalya?*

**Hamburg** *Hallo Dennis: In der Türkei. Eine Großstadt mit tollem Badestrand am Mittelmeer. Sie sind gerade gestartet und kommen erst in zwei Wochen zurück.*

**Kigali** *Hallo David: Hört sich schön an. Bitte grüße sie. Auch Martin.*

**Hamburg** *Hallo Dennis: Mache ich. Aber wie geht es nun weiter? Wie lange kannst du in Kigali bleiben?*

**Kigali** *Hallo David: Bin noch nicht sicher. Ich habe noch etwas bei mir. Völlig verrückt.*

**Hamburg** *Hallo Dennis: Was denn?*

**Kigali** *Hallo David: Sag erst, darf ich immer noch zu euch nach Hamburg kommen? Ich meine, wenn ich es schaffe, an eine deutsche Grenze zu gelangen?*

**Hamburg** *Hallo Dennis: Ja, logo. Hast du etwa ein Flugticket nach Hamburg???*

**Kigali** *Hallo David: Nein, nicht Hamburg. Aber ein schon bezahltes Ticket von Kigali nach Lagos.*

**Hamburg** *Hallo Dennis: Wohin? Wo ist denn Lagos?*

**Kigali** *Hallo David: Lagos ist in Nigeria an der Atlantikküste und die zweitgrößte Stadt Afrikas – nach Kairo.*

**Hamburg** *Hallo Dennis: Aber wieso Lagos? Im Norden Nigerias gibt es noch die Todesstrafe für Schwule!*

**Kigali** *Hallo David: Ist eine komplizierte Geschichte. Meine Mutter hat Kontakt zu meinem Vater aufgenommen, an den ich gar keine Erinnerung mehr habe. Er kennt jemand in Lagos, der mir vielleicht weiterhelfen kann. Bist du noch da, David?*

**Hamburg** *Hallo Dennis: Ja, bin ich. Ich mache mir nur Sorgen. Lagos ist nicht besser als Kampala.*

**Kigali** *Hallo David: Du hast recht. Aber eigentlich will ich da auch nur umsteigen. Lagos ist ein Riesen-Flughafen. In die ganze Welt.*

**Hamburg** *Hallo Dennis: Und wohin willst du von Lagos aus?*

**Kigali** *Hallo David: Bist du jetzt sauer?*

**Hamburg** *Hallo Dennis: Nein, bin ich nicht. Nur besorgt. Wohin willst du denn dann nach Lagos?*

**Kigali** *Pause – Pause – Pause*

**Hamburg** *Hallo Dennis: Hallo?*

**Kigali** *Hallo David: Von Lagos will ich nach … nach … zu dir nach Deutschland.*

**Hamburg** *Hallo Dennis: Lieber, lieber Freedom Fighter … Ich treffe morgen Abend alle Freunde hier. Dann reden wir über Lagos, ja? Verzeih meine Reaktion eben. Ich weiß eigentlich gar nichts über Lagos. Hallo?*

**Kigali** *Abbruch – Abbruch – Abbruch*

**Hamburg**
Ich könnte mich ohrfeigen. Die ganze Zeit fasele ich davon, dass der Junge, der sich nun Dennis nennt, immer ehrlich sein soll. Und dann sagt er etwas, was ich nicht gleich kapiere, und schon hört er meinen Missmut.

Ob er echt abgebrochen hat? Hoffentlich war nur das Internet weg oder sein Guthaben verbraucht.

Es ist ungewöhnlich still in der Wohnung. Obwohl sie erst drei Tage weg sind, vermisse ich Michelle und den kleinen Marco schon. Als Nächstes *whatsappe* ich Martin. Er ist sofort dran. Aufgeregt berichte ich ihm von den neuesten Nachrichten von unserem *Freedom Fighter*, den wir jetzt fürs Erste Dennis nennen können.

„Kaum zu glauben, dass er in Wirklichkeit erst sechzehn ist … sweet sixteen!", meint Martin bewundernd. „Er bewegt sich so bedacht und war doch noch nie zuvor außerhalb von Uganda in seinem Leben." Auch er und Chris wollen morgen Abend zur *Safe Space* Gruppe ins *mhc* kommen.

Ich google noch eine Weile zu Lagos, Nigeria und den Rechten sexueller Minderheiten dort. Alles nicht vielversprechend. Wenn er dort nur nicht festgehalten wird oder gar sein falscher Pass auffliegt. Wie er von Lagos nach Deutschland kommen kann – darum soll es morgen Abend gehen. Ich sende schon mal eine Nachricht auf *Facebook* an Leila, Hassan und Mustafa, damit auch sie sich vorbereiten können.

Den Rest des Abends muss ich mich an eine Deutscharbeit für Frau Schneider machen. Nach Goethe ist jetzt moderne deutsche Literatur dran. Auch politische Literatur. Jeder sollte ein Werk aussuchen und bis Montag eine Zusammenfassung schreiben.

Ich habe den Tatsachenbericht *Ganz unten* gewählt von Günter Wallraff[22], der zuerst 1985 erschien. Eine irre Geschichte: Wallraff hatte sich als türkischer Gastarbeiter Ali verkleidet und selbst erlebt, wie herablassend und oft ungerecht Ausländer in der damaligen Bundesrepublik behandelt wurden. Beim Lesen muss ich immer wieder an unseren *Freedom Fighter* aus Uganda denken und wie es wohl ist, mit einem anderen Namen zu leben. Den Rest des Abends hänge ich vorm Fernseher ab.

Zu unserem Treffen am Mittwochabend im *mhc* sind wirklich alle gekommen, nur Michelle und Ayşe fehlen natürlich.

Seit Kurzem ist auch Igor dabei, der aus Russland abgehauen ist. Ein ernster Junge, etwas älter als ich, der noch wenig spricht, aber doch schon gut Deutsch kann. Einfach ein schüchterner Typ, denke ich. Wir wissen noch wenig über ihn.

Nur dass er sich in einem Laster als blinder Passagier versteckt hatte und so über die Ukraine und Polen bis nach Deutschland gekommen war. Seinen Erstantrag auf Asyl hatte er in Frankfurt an der Oder gestellt. Aber da dort noch zu wenig sichere Unterkünfte waren, hatte ihn die Stadt Hamburg zusammen mit rund zwanzig anderen Flüchtlingen übernommen.

Als Erstes gibt es neue Nachrichten zu Said – gute: „Er konnte endlich aus Teheran entkommen“, berichtet Hassan. „Ein Bekannter, dem wir dafür Geld schickten, hat ihn in seinem Auto bis an die türkische Grenze im Norden gefahren. Dort hat jemand auf ihn gewartet und ihn über einen Bergpass zu Fuß illegal über die Grenze gebracht.“

„Und wo ist er jetzt?“, fragt Chris aufgeregt nach.

„Irgendwo im kurdischen Teil der Türkei. Wir warten seit Sonntag auf Nachrichten. Auch der Bergführer hat sich seitdem nicht mehr gemeldet.“

„Aber in dem Gebiet gibt es auch kaum funktionierende Telefone, geschweige denn Internet“, fügt Hassan beruhigend hinzu.

Ab dann geht es vor allem um unseren *Freedom Fighter*. Leila hat wichtige Informationen: „Vom Flughafen Lagos gibt es direkte Flüge nach Frankfurt am Main und in mehrere andere europäische Städte wie Amsterdam oder London. Er wird aber ein Flugzeug zu einem europäischen Flughafen nur besteigen können, wenn er ein Schengen-Visum[23] nachweisen kann.“

„Und wie bekommt er das?“, frage ich nach.

„Gar nicht“, antwortet Leila. „Weder in Kigali noch in Lagos. Schon gar nicht mit seinem gefälschten Pass, der hier vermutlich bald auffliegen würde.“

Martin ringt verzweifelt die Hände: „Aber wir können ihn doch nicht jetzt schon im Stich lassen!"

„Machen wir auch nicht", entgegnet Leila. „Vielleicht kann er zumindest in ein Schengen-Nachbarland kommen wie Marokko oder die Türkei. Und dann sehen wir weiter."

„Ich werde ihn gleich morgen fragen!", verspreche ich den anderen.

Ein paar bleiben noch unten im *Safe Space* Raum. Martin, Chris und ich gehen nach oben ins Café. Auch Igor schließt sich uns an. Als wir nacheinander die Treppe hochgehen, flüstert Martin mir zu: „Der findet dich gut!"

Tatsächlich weicht Igor den Rest des Abends kaum von meiner Seite, auch wenn er weiter kaum redet. Einmal drückt er seine Schulter gegen meine und schaut mich fragend an. „Okay", sage ich leise. „Möchtest du nachher mit zu mir kommen?" Er nickt. Kein Wort sonst. Kein Lächeln.

Als wir aufbrechen, zwinkert mir Martin zu und sagt in mein Ohr, als ich ihm einen Abschiedskuss gebe: „Ich dachte schon, du würdest zum Mönch werden … genieß die Nacht mit Igor!"

Sonst nehme ich nie jemanden mit zu uns, sondern gehe höchstens mal mit zu anderen Jungs, wenn es sich so ergibt. Klare Absprache zwischen mir und Michelle. Aber heute Nacht sind sie und Marco nicht da. Als ich die Wohnungstür aufschließe, frage ich mich noch, ob Igor nicht zu einer bestimmten Zeit in seiner Unterkunft in Wandsbek sein muss. Aber dann behalte ich es doch für mich. Es ist seine Sache, sein Leben.

Ich biete ihm zuerst noch ein Bier an und frage, ob er Hunger hat. „Auf dich", sagt er.

Wir umarmen uns, und ich ziehe ihn in mein Zimmer. Dort schalte ich meine Lampe neben dem Bett an. Igor zieht den Stecker aus der Dose. Es ist plötzlich stockdunkel. Als mich Igor nur einen Moment später fest umarmt, ist er schon völlig ausgezogen. Er übernimmt die Führung, ist auf einmal gar nicht mehr schüchtern. Alles geschieht schweigend, doch nicht ohne Leidenschaft.

Danach fragt er, ob er in meinem Zimmer rauchen darf. Um einen Aschenbecher zu holen, schalte ich die Deckenlampe an. Ich sehe ihn zum ersten Mal nackt … sein Rücken weist mehrere lange, zum Teil klaffende Narben auf, die offensichtlich niemals sorgfältig verarztet wurden. Als er meinen Blick bemerkt, zieht er schnell die Decke über sich. „Aus Moskau?", frage ich leise.

„Petersburg", antwortet er. Und lässt seinen Kopf unter einem Kissen verschwinden.

Am nächsten Morgen ist er bereits vor mir auf und kommt schon aus der Dusche, als ich gerade wach werde. Er will kein Frühstück. Nicht mal einen Kaffee. Raucht nur eine Zigarette. Dann steht er auf, umarmt mich kurz und geht zu unserer Wohnungstür.

„Danke, David", murmelt er. Ich verstehe es nicht genau, aber vermute, dass dies seine Abschiedsworte sind. Zuletzt zieht er die Tür von außen zu. Ob er noch mal kommen wird?

Noch bevor ich selbst zur Schule aufbreche, kommt eine furchtbare *Facebook*-Nachricht an uns alle von Hassan: *Alles ist schiefgegangen mit Said und dem Bergführer. Jemand hat sie verraten. Verhaftet von türkischen Grenzsoldaten. Mehr weiß ich noch nicht.*

Ich schreibe sofort zurück: *Bitte komm nachher zum Supermarkt. Ich muss da direkt nach der Schule hin. Abdul hat ebenfalls heute Dienst.*

# Kigali, im August

Natürlich habe ich nicht einfach unseren *Chat* auf *Planet Romeo* abgebrochen. Plötzlich waren dann einfach doch meine Data aufgebraucht. Hätte ich David eher sagen müssen. Hoffentlich denkt er nicht, dass ich superempfindlich bin oder so was.

Noch mal gehe ich zu dem kleinen Laden an der Ecke, der zum Glück außer Obst, Brot, Getränken und Süßigkeiten auch alle Sorten von SIM-Karten und Data für verschiedene Netzwerke verkauft, vor allem MTN natürlich. Deren riesige Reklametafeln hatte ich schon vorher in der Stadt gesehen.

Zurück im Zimmer versuche ich sofort, wieder Kontakt zu David in Hamburg zu bekommen, aber irgendetwas ist jetzt blockiert, noch bevor ich mich überhaupt einloggen kann. Ich merke, wie müde ich bin, und will mich eigentlich nur für einen Moment aufs Bett legen.

Als ich wieder aufwache, ist es schon dunkel draußen. Mein Smartphone zeigt kurz nach 21 Uhr. Mama ist bestimmt längst zurück von der Arbeit. Tatsächlich nimmt sie meinen *WhatsApp*-Anruf sofort an.

„Bin ich froh, mein Junge, dass du in Sicherheit bist!", ruft sie. Ich stelle mir vor, wie sie im Wohnzimmer auf unserem Sofa sitzt. Im Hintergrund höre ich Schauspielerstimmen aus dem Fernseher, dessen Lautsprecher sie jetzt leiser dreht.

„Kigali ist richtig gut, Mama!", bestätige ich ihr meinen ersten Eindruck. „Können wir nicht einfach hier leben – zusammen?"

„Ach David, du bleibst ein Träumer. Für Kigali bekomme ich niemals eine Arbeitserlaubnis", entgegnet sie. Dann lacht sie. „Wenn du es wirklich bis nach Europa schaffst, vielleicht sogar zu deinem Hamburger, dann holst du mich nach, ja?"

„Logo!", rufe ich ausgelassen zurück. „Wer ist hier am Träumen? Du oder ich?"

Dann wird ihre Stimme wieder ernst. „Dein Vater hat mir mehr Einzelheiten zu seinem türkischen Kollegen in Lagos gegeben. Hast du was zum Schreiben?"

Ich ziehe einen Kuli aus der Seitentasche meines Rucksacks und streiche den braunen Briefumschlag vor mir glatt.

„Er heißt Dr. Deniz Aldemir und arbeitet im Uni-Krankenhaus von Lagos in der Ishaga Road. Hast du alles mitbekommen?“ Zur Sicherheit buchstabiert sie noch mal alles: „Dr. Aldemir. Ishaga Road.“

Zuletzt gibt sie mir auch noch seine private Handynummer.

„Warum soll er mir helfen, Mama? Ich kenne ihn doch gar nicht.“

„Vater sagt, er hat ihm mal in einer blöden Situation in Kampala geholfen. Und … und weil er auch so ist.“

„Wie ist?“

„Wie du, David. Und Julian und Isaac.“

„Hast du was von Julian gehört?“

„Nichts, gar nichts. Ich kann natürlich auch nicht mehr einfach seine Mutter anrufen.“

„Verstehe, Mama. Ich denke immer wieder an ihn.“

„Lass uns hoffen, dass seine Tante auf dem Land nicht so schlimm ist wie sein Vater.“

„Und auch nichts von Anne oder Pepe?“

„Anne will auch weg. Mit ihrer Freundin. Pepe nicht – er sagt, die Leute in Uganda sollen sehen, dass es euch gibt. Er ist so mutig …“

„Ja, das ist er. Was für ein toller Transmann.“

„David?“

„Ja, Mama?“

„Bitte geh morgen zum Büro der Fluggesellschaft von Ruanda. Es kann sein, dass die lange im Voraus ausgebucht sind.“

„Mache ich – gleich morgen früh. Morgen Abend melde ich mich wieder. *Sula bulungi*, Mama!“

„Schlaf du auch gut, mein Junge.“

Nach der langen Ruhepause am Nachmittag bin ich nun jedoch noch gar nicht müde. Ich ziehe mir das frisch gewaschene und schon getrocknete Hemd über, stecke mir ein paar der ruandischen Francs-Scheine in die Hosentasche und verstecke meinen Pass und die großen Geldscheine unter einem Bettpfosten. Dann schließe ich die Tür zwei Mal ab und verstaue den Schlüssel in meinem rechten Schuh.

Neugierig laufe ich die Treppe zur Halle hinunter. Inzwischen sitzen dort ein paar andere junge Gäste aller Hautfarben und unterhalten sich. Auf einem *Flatscreen* läuft ein Fußballspiel ohne Ton. Dann trete ich hinaus auf die Straße.

Was für eine fröhliche und lebendige Nachbarschaft ist dieser Stadtteil *Remera* – ich habe schlicht Glück gehabt. Ein einfaches Restaurant in der Nähe heißt *Viens encore – come again.* Gleich gegenüber dringt Marimba-Trommelmusik aus einer Bar. Viele junge Leute stehen auf der Straße davor. Haben etwas zu trinken in der Hand und bewegen sich zu den Marimba-Rhythmen. Hier und da stehen auch zwei Männer eng nebeneinander und haben sich einen Arm um die Schultern gelegt. In Uganda würden sie schnell für schwul gehalten. Hier achtet niemand weiter darauf.

An einem Grillstand werden auf offenem Feuer gebackene Kartoffeln und verschiedene Fleischsorten am Spieß – sogenannte *Brochettes* – zubereitet. Es duftet herrlich – ich bestelle gleich zwei.

Plötzlich lacht mich ein Mädchen in meinem Alter an: *„De quel pays es-tu?*" Als ich sie freundlich, aber ratlos anschaue, wiederholt sie auf Englisch: *„Where are you from?* - Aus welchem Land kommst du?" Woran merkt sie, dass ich nicht von hier bin?

„Weil du alles so anstaunst!", sagt sie und lacht schon wieder. Verschmitzt fügt sie hinzu: „Ich mag Ausländer!"

Dann fragt sie nach meinem Namen.

„Dennis – und du?"

„Danielle." Jetzt nimmt sie einfach meine Hand und ruft: *„Viens avec moi* – komm mit mir!"

Sie zieht mich in Richtung einer Disko, die in einem Gartenlokal unter freiem Himmel stattfindet. Bei uns würden wir die Musik vielleicht Hip-Hop nennen. Hier ist der Beat schneller und alle Texte auf Französisch.

Danielle zieht mich dicht zu sich ran beim Tanzen und gleitet mit ihrer Hand unter mein Hemd. Noch nie habe ich mich so von einem Mädchen berühren lassen. Aber es ist okay … zumal sie wirklich gut tanzen kann.

Nach einer halben Stunde sind wir beide nassgeschwitzt. „Willst du was trinken?", frage ich sie. Sie nickt und bestellt sich eine Rum-Cola. Ich dränge mich mühsam durch die inzwischen proppenvolle Gartendisko bis zu einer Bar. „Eine Cola mit Rum und Eis – und eine nur mit Eis!" Ein Barmann mit Oberarmen wie Abdul nickt mir freundlich zu.

Noch bevor die Bestellung vor mir steht, suche ich in meiner Hosentasche nach den paar Geldscheinen. Erst links, dann rechts. Kein Zweifel – alles weg. Ich drehe mich um zu der Stelle, wo eben noch Danielle stand. Auch sie ist weg.

Bevor der gutaussehende Barmann mit den beiden Gläsern zu mir zurückkommt, mache ich mich aus dem Staub. Bloß hier nicht noch mit der Polizei Ärger bekommen wegen Zechprellerei!

Ich schaffe es, unbehelligt aus der Gartendisko zu kommen und dann schnell im Gewühl auf der Hauptstraße unterzutauchen. Das ging gerade noch mal gut.

Wie konnte ich nur so blöd sein! Zum Glück hat sie nicht wirklich viel geklaut, gerade mal einen Teil des Wechselgeldes vom Bezahlen des Hotelzimmers. Aber ich bekomme eine Idee, warum Danielle ahnungslose Ausländer wie mich mag. Falls sie überhaupt Danielle heißt. Aber da darf ich nicht klagen. Ich heiße schließlich auch nicht Dennis!

Als ich wenig später auf meinem Zimmer bin und mich auf meinem Bett ausstrecke, denke ich dankbar, wie unglaublich gut bisher alles gelaufen ist. Gibt es doch Schutzengel?

Am nächsten Morgen werde ich früh vom Autolärm der nahen Hauptstraße geweckt. Lastwagen fahren mit lautem Motorengeheul an, Busse hupen und Autotüren werden knallend zugeschlagen. Gestern Nachmittag war es mir viel weniger aufgefallen. Ich schließe das Fenster, aber kann doch nicht mehr einschlafen.

Noch im Bett google ich auf meinem Smartphone das Büro von RwandAir: Es gibt ein Büro auf dem Internationalen Flughafen von Kigali. Ob das weit ist? Bevor ich weitergoogeln kann, muss ich jedoch erst zum Klo.

Ich gehe über den Gang vor meinem Zimmer, alles gut: Die Toilette ist frei. Nur die Dusche besetzt. Also streife ich mir nur meine Hose und ein T-Shirt über und gehe erst unten in der Halle frühstücken. Bei der Anmeldung ist dieselbe nette rundliche Dame wie gestern. Vielleicht ist sie ja Louis und auf dem Weg, eine Transfrau zu werden?

Als ich sie nach dem Weg zum Flughafen frage, sagt sie mit der nun schon vertrauten tiefen Stimme: „Gar nicht weit. Nur vier Stationen in östlicher Richtung mit dem Bus – à l'aéroport!"

Das Frühstück ist gut, sogar echte Croissants, und man kann sich so viel Obst aus einer Schale nehmen, wie man möchte. Danach ist die Dusche frei. Ich habe noch genug Shampoo von gestern.

Ein paar Minuten später stehe ich mit meinem kleinen Rucksack an der Haltestelle und warte auf den Bus zum Flughafen. Es ist ein ganz moderner, dessen Motor man kaum hört. In gut fünfzehn Minuten hält der Bus vor der riesigen Haupthalle. Schilder weisen den Weg zum *RwandAir Head Office* im Obergeschoss.

Um diese Zeit sind bereits die meisten Schalter der Fluggesellschaft besetzt. Ich stelle mich bei der Schlange Reisender an, die mir am kürzesten erscheint. Tatsächlich bin ich nach wenigen Minuten dran.

„*Monsieur*?", nickt mir die junge Frau zu.

Ich reiche ihr meinen Pass und das ausgedruckte Ticket. Sie tippt etwas auf ihrem Computer und fragt dann: „Morgen oder übermorgen? Beides geht noch. Am Wochenende ist alles voll."

Ohne Zögern antworte ich: „Morgen."

Nur einen Moment später reicht sie mir eine Bordkarte und liest zur Sicherheit alle Angaben laut vor: „Abflug Kigali 9.00 Uhr – Ankunft Lagos 12.30 Uhr. Sie müssen zwei Stunden vor Abflug hier sein. Noch Fragen?"

Ich schüttle den Kopf.

Sie gibt mir eine *boarding card*, wünscht mir „*Bon voyage!*" und schaut schon zur nächsten Reisenden hinter mir.

Den Rest des Tages laufe ich erneut durch das Viertel in meiner Nähe. Besonders gefällt mir ein bunter Markt, der Handarbeiten anbietet und sich über mehrere Straßen hinzieht.

Am späten Nachmittag habe ich plötzlich genug. Ich gehe auf mein Zimmer, öffne das Fenster weit und hoffe nur noch, dass ich sowohl Mama als auch David in Hamburg erreichen werde. Ich habe keine Ahnung, was von Lagos aus möglich sein wird.

# Hamburg, im August

Abdul und ich sind gerade beim Abladen eines Lasters im Hof des Supermarkts, als Hassan mit einem der Taxis seines Chefs bei der Einfahrt parkt und dann direkt auf uns zukommt.

Ich habe ihn noch nie so besorgt gesehen. Es scheint, als hätte er sich seit Längerem nicht rasiert. Seit Tagen ist Said nun schon mit jenem Bergführer in der Grenzregion verschwunden. Jedenfalls gibt es keinen Kontakt.

„Hast du wieder die ganze Nacht auf *Facebook* mit Teheran gehangen?", fragt Abdul seinen älteren Bruder ernst.

„*Facebook* geht nicht mehr im Iran", entgegnet Hassan. „Wird inzwischen von der Regierung blockiert … Wir halten Kontakt mit Freunden dort über ein neues Netzwerk, das nur ganz wenige bisher kennen." Es ist deutlich, dass er mehr als eine Nacht kaum geschlafen hat.

Dann kommt er direkt zur Sache. „Die türkischen Soldaten sind an der Grenze zuerst hinter kurdischen Widerstandskämpfern her, die sie alle für Terroristen halten. Oft werden die ohne Gerichtsverfahren abgeknallt."

„Soll das etwa eine Beruhigung sein?", fragt Abdul kritisch nach.

Klar, soll es eine Beruhigung sein. Mehr als verständlich.

„Immerhin ist Said kein Kurde", ergänzt Hassan.

Hoffentlich wissen das auch die Grenzsoldaten, denke ich. Aber sage lieber nichts.

Abdul grübelt mit uns, was man noch machen könnte. Er bewundert seinen Bruder. „Im Iran geht es echt um Leben und Tod", sagt er leise zu mir, als Hassan schon wieder los ist. „Nicht nur bei sexuellen Minderheiten wie euch. Einfach wenn du nur eine eigene Meinung haben willst. Oder dir auch nur erst mal eine bilden willst …"

Die letzten Wochen haben sich vor allem Hassan und Mustafa beinahe jeden Abend getroffen, um den jungen Said aus Teheran herauszubekommen. Hassan ist jede Menge Überstunden Taxi gefahren, um genug Geld für die gefälschten Papiere und den Bergführer zusammenzubekommen. Es gibt wirklich niemanden aus unserer *Safe Space* Gruppe, der mehr über den Iran und sexuelle Minderheiten weiß als die beiden. Auch Leila nicht, die weiter die meisten unserer Treffen leitet.

Für jetzt bleibt nicht viel tun. Wir hoffen weiter mit Hassan und Mustafa, dass es bald gute Nachrichten zu Said gibt.

Am folgenden Abend fahre ich zum Hamburger Flughafen Fuhlsbüttel, um Michelle, Marco und Ayşe abzuholen, die mit einem Turkish-Airlines-Direktflieger aus Antalya von ihrem Badeurlaub zurückkommen.

Sie haben extra in der Nachsaison gebucht, weil es dann billiger ist. Ich bin lange zurück im normalen Schultrott. Mein letztes Schuljahr – zwölfte Klasse! Noch keine Ahnung, was ich danach machen soll. Ist noch fast ein ganzes Jahr hin.

Ich sehe Michelle, Marco und Ayşe bereits durch die Glasscheibe in der Ankunftshalle, als sie dahinter noch am Fließband auf ihre Koffer warten müssen. Marco hat mich schon erspäht und kommt fröhlich winkend auf mich zugestolpert. Unglaublich, wie schnell kleine Kinder wachsen. Erst als er direkt vor einem jungen Zollbeamten steht, schaut er sich nach seiner Mama um.

Michelle ist deutlich erschöpft. „Mensch Marco, komm jetzt sofort hierher!" Ich höre ihre Kommandostimme selbst durch das dicke Glas.

Aber Marco findet, dass die Grenzregeln nicht für kleine Menschen wie ihn gelten, und läuft nun an dem Uniformierten munter vorbei auf die automatische Glassperre zu. Erst jetzt packt ihn der Beamte, hebt ihn einfach lachend hoch und trägt ihn zurück zu seiner Mutter. Auch Marco freut sich. Jemand zum Spielen nach dem langen Stillsitzen im Flieger!

Der junge Mann ist eigentlich nett (und sieht gut aus, finde ich), doch Michelle ist alles nur peinlich. Ich sehe, wie sie etwas murmelt und entschuldigend die Hände gen Himmel hebt. Ab jetzt hält Ayşe Marco an der Hand, während meine Schwester zwei riesige Koffer auf eine Karre hievt. Gepäck wie für eine Weltreise, obwohl sie gerade mal zwei Wochen weg waren. Nur einen Moment später fallen wir uns alle gegenseitig in die Arme.

„War's schön?", frage ich lachend, denn Marco will nun, dass ich ihn immer wieder hochhebe wie eben der junge Beamte.

„Herrlich", ruft Ayşe. „Zwei Wochen nur blauer Himmel und blaues Meer … so was ist in Hamburg undenkbar!"

„Es gab nur Ärger am Flughafen", sagt Michelle. „Marco und ich waren durch ein Versehen des Reiseleiters auf einen späteren Flieger gebucht. Na, da hättest du mich mal erleben sollen!"

Das erklärt auch, warum sie so schnell gestresst eben mit Marco war. Und ja, ich kann mir ohne Probleme Michelle voll wütend vorstellen.

„Aber wir sind dann trotzdem sogar noch pünktlich weggekommen!“, meint Ayşe versöhnlich. „Und meine Oma war toll, stimmt's, Michelle?“

Zum ersten Mal lacht auch Michelle wieder: „Deine *Babaanne* ist unschlagbar. Wann immer wir in die Disko wollten, hat sie auf Marco aufgepasst. Beim Abschied heute Mittag haben beide geheult!“

Und Ayşe ergänzt eine andere lustige Erinnerung: „Nur ihr Kochen ist eine Katastrophe. Entweder angebrannt oder versalzen. Das haben wir ab dem zweiten Tag übernommen.“

„Also war's schön?“, frage ich noch mal.

„Ja“, strahlen beide. Marco ist schon wieder vorausgelaufen.

Am S-Bahnhof Barmbek verabschieden wir uns von Ayşe. Daheim stürzen sich Michelle und Marco auf die von mir gekochten Spaghetti mit Tomatensoße. Der Kleine schläft noch vor dem Nachtisch ein, obwohl er sonst verrückt ist nach Schokopudding. Auch Michelle stellt nur noch eine Waschmaschine mit schmuddeligen Reiseklamotten an, bevor sie ins Bett fällt.

Ich räume erst die Küche auf, bevor ich kurz checke, ob es Nachrichten aus Kigali gibt oder von der iranisch-türkischen Grenze. Beide Male nichts. Dann sende ich eine *WhatsApp*-Nachricht an Igor. Einfach nur so, wie's ihm geht. Seit der gemeinsamen Nacht kommt er zwar weiter zu unserer *Safe Space* Gruppe, aber sagt immer noch kaum etwas und hält eigenartig Abstand zu mir.

Martin behauptet ungebrochen, dass er mich gut findet. „Er ist einfach nur wahnsinnig unsicher, David“, meint er. „Und du weißt nicht, was er schon alles hinter sich hat.“

Vermutlich hat Martin recht. Ich bleibe freundlich zu Igor und warte einfach ab, was kommt. Oder nicht kommt.

Es ist einer jener angenehm milden Spätsommer-Abende in Hamburg, die es nicht oft gibt. Zu schade, um nur drinnen vorm Fernseher zu hocken. Als ich gerade überlege, ob ich noch mal vor die Tür gehe, plötzlich ein Signalton vom *Planet Romeo.*

Ja, es ist unser *Freedom Fighter*, der sich nun Dennis nennt.

Froh drücke ich auf Antwort.

**Hamburg** *Hallo Dennis: Gut, von dir zu hören.*

**Kigali** *Hallo David: Hast du Zeit? Es gibt viel Neues.*

**Hamburg** *Hallo Denis: Ja klar – ich freue mich, echt. Warst du das letzte Mal am Ende sauer, als ich über Lagos nörgelte? Du warst plötzlich weg.*

**Kigali** *Hallo David: Nee, Mann. Sorry! Hatte plötzlich mal wieder keine Data mehr. Später kam ich nicht mehr durch.*

**Hamburg** *Hallo Dennis: Ehrlich?*

**Kigali** *Hallo David: Ehrlich, Mann. Soll ich es dir beweisen? Ich habe eine Überraschung für dich.*

**Hamburg** *Hallo Dennis: Was für eine Überraschung?*

**Kigali** *Hallo David: Weißt du noch? Ich hatte es dir versprochen, wenn ich raus aus Uganda bin! Ich hoffe, es klappt …*
*Pause – Pause – Pause*

**Hamburg** *Hallo Dennis: Bist du noch da?*

**Kigali** *Hallo David: Mist … ich probiere es noch mal. Jetzt? Siehst du jetzt was?*

**Hamburg** *Hallo Dennis: Wow, wow, wow. Bist du das? Ein Superfoto … von dir, echt wahr? Du siehst älter aus als 16!*

**Kigali** *Hallo David: Spinner! Ich sehe ganz normal aus. Ein Selfie vorhin nach dem Duschen. Und vor dem Abtrocknen.*

**Hamburg** *Hallo Dennis: Hey, das ist eine tolle Überraschung. Danke, wirklich!*

**Kigali** *Hallo David: Irgendwann kann ich dir bestimmt auch meinen richtigen Namen sagen. Meinst du, wir sehen uns mal? Ich meine, nicht digital. Sondern in einem Land, in einer Stadt vielleicht. Zum Anfassen.*

**Hamburg** *Hallo Dennis: Wäre gut, nicht? Hattest du schon mal … ich meine: Darf ich dich alles fragen?*

**Kigali** *Hallo David: Ja!*

**Hamburg** *Hallo Dennis: Hattest du schon mal Sex mit einem weißen Jungen?*

**Kigali** *Hallo David: Noch nie. Aber würde es gern mal probieren. Smile!*

**Hamburg** *Hallo Dennis: Ich auch! Ich meine mit einem Jungen aus Afrika … wie dir zum Beispiel.*

**Kigali** *Hallo David: Mann, Mann, jetzt müssen wir aufhören. Das wird sonst der volle Flirt. Mann … ich … ich …*

**Hamburg** *Hallo Dennis: Ich auch … mein Herz klopft auch. Aber jetzt musst du erst mal weiter Richtung Sicherheit, okay?*

**Kigali** *Hallo David: Ja, du musst unbedingt wissen, dass es morgen schon weitergeht. Nach Lagos. Morgen früh um 9 Uhr. Mit RuandAir. Am frühen Nachmittag bin ich in Lagos.*

**Hamburg** *Hallo Dennis: Und was machst du, wenn du da gelandet bist?*

**Kigali** *Hallo David: Erst mal müssen die mich reinlassen. Aber drei Monate Visum müsste klappen. Dann habe ich wieder eine Kontaktperson dort. Einen türkischen Arzt, den mein Vater gut kennt. Er soll mir helfen, von Lagos nach Europa zu kommen … oder gar an eine Grenze zu Deutschland.*

**Hamburg** *Hallo Dennis: Hoffentlich stimmt das. Was weißt du sonst über den?*

**Kigali** *Hallo David: Eigentlich gar nichts. Er unterrichtet da am Uni-Krankenhaus. Ach ja, und vermutlich ist er auch so wie du und ich.*

**Hamburg** *Hallo Dennis: Schwul?*

**Kigali** *Hallo David: Ja, so was … er ist vermutlich älter. Keine Ahnung, wie er sonst lebt. Vielleicht Doppelleben mit Familie und so? Keine Ahnung.*

**Hamburg** *Hallo Dennis: Bitte pass gut auf dich auf!*

**Kigali** *Hallo David: Kann ich dich etwas fragen?*

**Hamburg** *Hallo Dennis: Alles!*

**Kigali** *Hallo David: Hilfst du mir echt, dass wir uns einmal sehen in diesem Leben? Vielleicht in Hamburg. Oder sonst wo, wo mich niemand einsperren will. Wenn es schiefgeht, hast du keine Schuld. Aber lass uns beide dafür alles tun, ja?*

**Hamburg** *Hallo Dennis: Ja. Alles. Versprochen. Alles.*

**Kigali** *Hallo David: Ich auch. Alles. Muss jetzt Schluss machen. Ich melde mich wieder, sobald es geht – aus Lagos.*

**Hamburg** *Hallo Dennis: Guten Flug morgen, Dennis! Dennis? Dennis?*

**Kigali** *Abbruch – Abbruch – Abbruch*

**Hamburg**

Meine Hände sind verschwitzt. Ich habe das Handy so fest gepackt, als könnte ich damit Dennis festhalten.

He, mein Herz klopft wirklich. Denn es gibt ihn echt.

Das Foto hat mich unglaublich berührt. Alles andere war bisher – irgendwie, irgendwo. Irgendwer.

Eine bewegende Geschichte. Okay. Aber nicht mehr.

Jetzt ist da plötzlich ein Junge mit zwei dunklen lachenden Augen, strahlend weißen Zähnen und vollen Lippen. Mann, wunderschöne volle Lippen. Bei Männern finde ich gutgeformte Lippen und einen schönen Mund immer wichtig. Nicht nur zwei Striche. Nichts Verkniffenes. Dennis hat einen Mund, der lachen kann, genießen … bestimmt auch: Küssen!

Dann sind noch seine Schultern auf dem Selfie zu sehen, eher schmal. Noch sehr jungsmäßig. Ist ja auch erst sechzehn. Hoffentlich nehmen sie ihm die achtzehn ab in Lagos.

Ich vergrößere sein Foto über den ganzen Handy-Schirm. Ich ziehe es so auf, dass ich nur seine Augen sehe. Jetzt nur seinen Mund.

Dennis. Kampala, Kigali, Lagos.

Dennis – vielleicht einmal wirklich in Hamburg? Wahnsinn!

Unmöglich, jetzt zu schlafen.

Wem kann ich davon berichten? Martin übernachtet bei Chris. Michelle bekomme ich jetzt niemals mehr wach. Hassan und Mustafa haben andere Sorgen. Und Igor kenne ich einfach noch zu wenig.

Plötzlich weiß ich, was mir gut tun wird. Ich gehe leise aus der Wohnung und hole meinen Drahtesel aus dem Fahrradkeller. Dann steige ich auf und fahre gen Süden zur Alster runter. Durch die warme milde Nacht. An einer Kreuzung, als ich bei Rot halten muss, ziehe ich mein Hemd aus und klemme es hinten auf dem Rad mit einem Gepäckgurt fest.

Jetzt habe ich die Alster erreicht. Am Ufer dieses Binnensees sitzen an diesem Abend noch viele auf dem Rasen beim Wasser. Reden leise in kleinen Gruppen. Liebespaare halten einander fest. Ich sitze auf meinem Fahrrad, spüre den sanften Fahrtwind auf der bloßen Haut und lache vor Glück.

Etwas Gutes ist mir widerfahren … vorhin. Es ist in mir jetzt. Wird bleiben. Ich hoffe, für ganz lange.

Am nächsten Abend haben wir uns im *mhc* verabredet, auch wenn es kein Mittwoch ist.

Nach der Arbeit im Supermarkt war ich noch im Kopierladen und habe vom Handy zwei Farbabzüge von Dennis machen lassen. Einer, der kleinere, steckt in meiner Brieftasche.

Ich will sie gerade aus meinem Rucksack holen, um gleich den anderen das erste echte Foto von Dennis zu zeigen. Da erkenne ich Hassan schon von Weitem, wie er in ungewöhnlich gebeugter Haltung vor dem Eingang des *mhc*-Cafés steht. Ein paar aus unserer Gruppe ganz in der Nähe. Alle oben auf der Straße.

Unübersehbar: Etwas ist nicht in Ordnung. Als ich näher komme, sehe ich, dass Martin Tränen in den Augen hat und sich an Chris festhält. Igor tritt in einem harten Rhythmus gegen eine

Mülltonne. Mustafa ist Hassan am nächsten und hat einen Arm um ihn gelegt. Leila läuft aufgeregt vor dem Fenster des Cafés auf und ab. Was ist hier los? Warum ist keiner unten in unserem Treffpunkt im Keller?

Jetzt höre ich Mustafas eindringliche Stimme, der auf Hassan einredet: „Es war nicht deine Schuld! Du hast alles versucht. Mehr konnten wir nicht tun …"

Mustafa redet wie bei einem Gebet. Ohne Pause, sich selbst wiederholend, keine Widerrede duldend.

Plötzlich stößt Hassan ihn zurück. Ich stehe jetzt dicht bei ihnen und erschrecke über den schrillen Ton seiner Stimme. „Niemals, niemals, niemaaals! Niemals werde ich das akzeptieren. Es ist Unrecht. Feige. Niederträchtig!" Es folgen ein paar arabische Worte, die ich nicht verstehe.

Vorsichtig stecke ich das Foto von Dennis zurück in die Brieftasche, dann in meinen Rucksack. Es ist in diesem Moment, als derjenige mir die Wahrheit sagt, von dem ich es am wenigsten erwartet hätte.

Igor stellt sich vor mich, wartet, bis ich direkt in seine Augen schaue, und sagt dann mit starkem russischem Akzent: „Erschossen! Said wurde erschossen, der Bergführer auch. Nicht, weil er schwul war. Sondern weil die Soldaten beide für kurdische Partisanen hielten."

Dann tritt er erneut gegen die Mülltonne. So hart, dass es ihm wehtun muss. Aber genau das scheint er zu wollen.

Ich möchte etwas zu Hassan sagen. Ihn trösten. Aber mein Kopf ist leer. Und mein Herz läuft über vor Trauer und Wut.

Said, gerade mal achtzehn Jahre: Eingesperrt und gefoltert. Schlimmerem nur knapp entkommen. Jetzt tot. Nur weil er so leben wollte, wie er ist.

Mustafa hält Hassan jetzt fest im Arm. Hassan heult. Laut. So laut, so hilflos, als hätte er noch nie geheult in seinem Leben.

Beide scheren sich nicht um ein paar Passanten, die im Vorbeigehen irritiert zu unserer eigenartigen Gruppe schauen.

# Lagos, Ende August

Es ist das erste Mal in meinem Leben, dass ich ein Flugzeug besteige.

Ich bin erstaunlich ruhig und mache einfach nach, was die anderen Passagiere vor mir tun. Der ruandische Grenzbeamte drückt gelangweilt einen Ausreisestempel in meinen Pass, wobei er mich kaum anschaut.

Der Flieger an diesem Morgen von Kigali nach Lagos ist proppenvoll. Neben mir sitzt bereits eine dicke Dame auf dem Fensterplatz, die kaum in ihren Sitz passt.

Als das Frühstück kommt, bestellt sie mehrfach Kaffee nach. Den dritten Becher, noch voll und heiß, schlägt sie versehentlich vom Tablett. Zum Glück landet er knapp neben meiner Hose auf dem Boden. Sie entschuldigt sich in einer Sprache, die ich noch nie gehört habe. Wenig später fällt sie in tiefen Schlaf und schnarcht so laut, dass sich einige zu uns umdrehen. Der Kaffee scheint wenig geholfen zu haben.

Da sie ihren Kopf mit riesiger Dreadlock-Frisur an die kleine Fensterscheibe gelegt hat, kann ich nur wenig von den Landschaften unter uns erkennen. In weniger als fünf Stunden geht es runter zum Internationalen Murtala Mohammed[24] Flughafen von Lagos.

Als das Signal kommt, dass wir die Sicherheitsgurte ablegen können, springe ich von meinem Gangplatz auf und schiebe mich mit anderen Passagieren zum Ausgang. Ich habe keine Ahnung, wie die eingequetschte Dame neben mir jemals aus ihrem Platz hochkommen wird.

Da ich nur meinen kleinen Rucksack als Handgepäck habe, brauche ich nicht am Band wie viele andere auf einen Koffer zu warten, sondern kann durchgehen zum einzigen Grenzkontroll-Schalter, der geöffnet ist. Hier reihe ich mich ein in eine bestimmt schon fünfzig Meter lange Schlange. Nach gut zehn Minuten sind wir etwa einen Meter vorgerückt. Hinter mir kommen noch immer neue Passagiere hinzu. Bald ist das Ende der Schlange nicht mehr zu erkennen.

Wenn das so weitergeht, bin ich frühestens heute Abend dran.

Nach gut drei Stunden Warten erbarmt sich ein anderer Uniformierter und öffnet einen zweiten Schalter. Gut zehn andere bleiben geschlossen. Nach einer weiteren Stunde bin ich tatsächlich dran.

Vor mir ein älterer Beamter, der schwitzt und sich regelmäßig mit einem großen Taschentuch über die Stirn wischt. Er nimmt meinen Pass entgegen und studiert jede Seite, als hätte er noch nie einen grünen Pass aus Uganda gesehen.

„Wie lange willst du in Nigeria bleiben?", will er wissen.

Was, wenn ich nun etwas Falsches sage?

„Noch nicht sicher", antworte ich ehrlich. „Aber nicht länger als drei Monate."

„Wo wirst du hier wohnen?"

Ich setze alles auf eine Karte und sage mutig: „In der Uni-Klinik, Ishaga Road."

„Studierst du Medizin?"

„Ja", lüge ich. Wie lange wird das so weitergehen?

Er schießt die nächste Frage ab: „Wie viel Geld hast du bei dir?"

Ich beuge mich nach unten zu meinem Rucksack und ziehe fünf von Mutters acht großen Scheinen so heraus, dass er es nicht genau sehen kann.

„Hier, 500.000 Uganda-Shilling.[25]" Ich reiche ihm die Scheine zur Kontrolle.

Er macht irgendwo eine Notiz. Aber gibt mir dann nur zwei Scheine zurück.

„Entschuldigung, Sir", sage ich vorsichtig. „Aber es waren fünf Scheine."

Seine verschwitzte Stirn legt sich Falten: „Wie bitte?"

Er merkt deutlich meine Unsicherheit. Soll ich meine Worte wiederholen?

Bevor ich zu einer Entscheidung komme, sagt er: „Willst du zurück ans Ende der Schlange?"

„Nein", sage ich kleinlaut. Und das soll ein Beamter sein? Ich koche vor Wut, aber versuche, mir nichts anmerken zu lassen. So ein korrupter Gangster!

„Gut", sagt er, stempelt ein Einreisevisum in meinen Pass und winkt mich durch.

Willkommen in Nigeria. Wo sind meine Schutzengel geblieben?

Aber das ist nur der Anfang. In der Ankunftshalle, die so groß ist wie ein Fußballstadion und so voll wie bei einem Länder-Endspiel, bekomme ich erst langsam eine Übersicht. Wo mag es hier Busse in die Stadt geben? Zum Glück gibt es freien WLAN-Zugang, der auch funktioniert auf meinem Smartphone, das ich letzte Nacht noch in meinem kleinen Hotel in Kigali voll aufladen konnte. Eine SIM-Karte für Nigeria kann ich für einen Dollar aus einem Automaten ziehen.

Ich setze mich an einer Wand auf die Erde und bekomme heraus, dass der Flughafen etwa fünfzehn Kilometer vom Stadtzentrum entfernt ist. Er liegt in der Nähe der Vorstadt Ikeja. Auf der Strecke zur Stadt befindet sich die Uni-Klinik. Wenn ich es gut anstelle, könnte ich da aussteigen und noch am ersten Abend versuchen, Dr. Aldemir zu treffen.

In jedem Fall rufe ich ihn schon mal an. Aber niemand antwortet. Ich spreche auf eine Mailbox: „Hier ist Dennis aus Kampala. Ich bin heute Mittag in Lagos gelandet, aber erst eben durch alle Kontrollen gekommen. Bitte rufen Sie mich an, wenn Sie diese Nachricht bekommen. Vielen Dank!"

Mama in Kampala sende ich eine kurze *WhatsApp*-Nachricht, an David in Hamburg das Gleiche über *Planet Romeo*. „Bin gut angekommen in Lagos."

Na ja, nicht gerade gut. Aber sie sollen sich keine Sorgen machen.

Bei Mama scheint es angekommen zu sein, denn sie sendet mir nur ein paar Minuten später ein Herz. Meine Nachricht an David geht nicht durch. Ich werde es später wieder versuchen.

Dann gehe ich auf ein Klo in der Nähe, wasche mir Hände und Gesicht und trinke Wasser aus dem Hahn. Außer einem Mini-Brötchen und etwas Saft im Flieger heute früh habe ich noch nichts gegessen. Als ich von der öffentlichen Toilette komme, wird es draußen bereits dunkel. Die Grenzkontrolle hat am Ende länger als der ganze Flug gedauert.

Zum Glück entdecke ich auf dem Weg zum Busbahnhof eine Bankfiliale, die noch geöffnet hat. Ich kann nicht beurteilen, ob der Wechselkurs okay ist. Aber ich habe keine andere Wahl, als Mamas verbliebene Geldscheine in 45.000 nigerianische Naira[26] umzutauschen. Wie lange werde ich davon hier leben können?

Ich verzichte darauf, mir hier ein vermutlich eher teures Sandwich zu kaufen, und gehe direkt zu den Bushaltestellen. Auf den inzwischen beleuchteten Informationsschildern ist zu lesen: Lagos City, Lagos Island oder nur Lagos … aber welcher hält beim Uni-Krankenhaus?

Während ich mich noch suchend umschaue, spricht mich ein freundlicher junger Mann mit Rastalocken an. „Kann ich dir helfen? Was suchst du?"

Ob ich ihm vertrauen kann? Dann sage ich aber doch: „Ich will zum Uni-Krankenhaus in Lagos."

Er strahlt mich an und sagt: „Genau da will ich hin. Komm mit, mein Taxi steht gleich gegenüber. Du bist jung wie ich – halber Preis!"

Als ich ihm schon über die Straße folgen will, kommt ein privater Sicherheitspolizist mit einem Gummiknüppel und schreit ihm zu: „Hau ab! Wenn ich dich noch einmal hier sehe, bekommst du Prügel!"

Tatsächlich sprintet der junge Rastamann davon, ohne sich auch nur einmal umzusehen.

„Das sind die letzten Halsabschneider", sagt er zu mir. „Nimm niemals ein privates Taxi ..."

Erneut stelle ich mich bei einem Bus an, der gerade die Türen geöffnet hat und auf dessen Schild „Lagos City" steht.

Beim Einsteigen frage ich den Fahrer: „Halten Sie auch am Uni-Krankenhaus?"

Er tut so, als wenn er mich nicht versteht, und sagt nur: „400 Naira!"

Ein Geschäftsmann im dunklen Anzug und mit elegantem Diplomatenkoffer nickt mir zu und sagt: „Der ist richtig. Du musst dem Fahrer nur deutlich machen, da zu halten."

Ich bezahle, steige ein und stelle mich in die Nähe des hinteren Ausgangs. Es gibt keine Sitzplätze mehr. Der Bus fährt erst ab, als wirklich keiner mehr hineingepresst werden kann.

Zunächst fahren wir noch in normalem Tempo gut fünf Minuten auf einer Autobahn. Es besteht Rechtsverkehr wie in Ruanda. Je näher wir Lagos selbst kommen, desto verstopfter wird die Straße. Bald rollt der Bus nur noch im Schritttempo.

Ich versuche, durch die verschmierten Scheiben etwas von der Umgebung zu erkennen. Den Geschäftsmann von vorhin habe ich aus den Augen verloren. Direkt neben mir steht eine ältere Frau.

„Uni-Krankenhaus?", frage ich sie, als der Bus wieder einmal am Straßenrand hält. Sie nickt freundlich.

Ob sie mich verstanden hat? Nach meinem Gefühl müssten wir etwa ein Drittel der Strecke vom Flughafen zum Zentrum der Stadt zurückgelegt haben, also kann es nicht mehr weit sein. „Uni-Krankenhaus?", frage ich noch mal. Ein anderer, eher arm gekleideter Mann nickt auch. Ich springe aus dem Bus.

Mein Gefühl stimmte leider nicht.

Ich gehe von der breiten Autostraße hinunter und sehe, wie sich vor mir ein riesiges Wohngebiet ausbreitet. Undeutlicher Lärm aus plärrenden Lautsprechern und Autohupen weht herüber. Die Gegend vor mir scheint eher ein Elendsviertel zu sein. Schlecht asphaltierte Straßen, Müllberge an jeder Ecke und riesige Apartmentblöcke, die am Verfallen sind. Von den Straßenlaternen geben nur einige Licht. Zwischen manchen Häusern sind Wäscheleinen gespannt.

Straßenhändler sind auch jetzt am Abend noch unterwegs. Einige ehemalige Ölfässer sind zu offenen Feuerstellen umfunktioniert. Eine junge Frau brät Hühnerteile. Für wenige Naira kaufe ich zwei Keulen mit Brot. Hungrig schlinge ich es hinunter. Ob sie Englisch spricht?

„Ist es weit bis zum Uni-Krankenhaus?“, frage ich sie.

„Kommt drauf an … zum Laufen zu weit. Mit dem Bus zwanzig Minuten“, erklärt sie und fügt hinzu: „Der Bus fährt aber erst wieder morgen früh.“

„Und wo bin ich hier?“ Hoffentlich ist sie nicht auch ein Fan ahnungsloser Ausländer.

„In der Vorstadt Mushin“, sagt sie. „Viel Armut, nachts gefährlich.“

Sie meint es eindeutig gut. Ich trete in einen Hauseingang und verstaue meine Geldscheine zur Sicherheit unter meinem Fuß im rechten Schuh.

Wenn ich doch nur Dr. Aldemir erreichen würde. Erneut wähle ich seine Nummer umsonst. Danach schiebe ich mein Handy in meine Unterhose. Ich werde die Nacht wohl hier verbringen müssen, wenn mir nicht noch ein guter Einfall kommt.

Vielleicht irre ich mich, aber ich habe plötzlich das Gefühl, dass mich eine Bande von Jungen verfolgt, seit ich das letzte Mal mein Smartphone benutzt habe. Wiederholt gehe ich im Zickzack über die Straße, biege in einen Holperpfad ein, um dann erneut auf einem halbwegs beleuchteten Weg weiterzulaufen. Die fünf oder sechs Jungs sind noch immer hinter mir. Einige in meinem Alter, andere vermutlich sogar jünger.

Ich weiß mir keinen anderen Rat, als mich in einen Supermarkt zu verdrücken, der um diese Zeit noch geöffnet ist. Da alle Geldscheine in meinem Schuh sind, habe ich jetzt nur noch ein paar Münzen vom Wechselgeld aus dem Bus in der Hosentasche. Aufmerksam betrachte ich einige Süßigkeiten, behalte dabei aber gleichzeitig den Eingang im Auge.

„Kann ich dir helfen?“, ruft ein hagerer, älterer Mann im langen traditionellen Gewand von der Kasse her auf Englisch zu mir. Woher erkennt nur jeder, dass ich Ausländer bin?

„Danke, alles klar!“, rufe ich zurück und nehme die kleinste Schokolade, die ich finden kann, sowie eine Coladose aus einem verglasten Kühlfach.

Die Münzen reichen gerade. Er nickt mir freundlich zu: „*Nibo lati* – wo kommst du her?“ Ich vermute, dass seine Muttersprache Yoruba[27] ist.

„Aus Uganda“, antworte ich. Und dann benutze ich das einzige Wort, das ich mal von einem nigerianischen Nachbarjungen in Kabale gelernt habe: „*Oseun* – danke!“

Er lacht über meine Aussprache, aber sieht den guten Willen. „*Ofabo*!“, nickt er mir freundlich zu. „Heißt auf Wiedersehen!“

Beim Eingang des Supermarkts trinke ich erst meine Cola in Ruhe. Ich will sicher sein, dass sich die Jungen, die mir gefolgt waren, wirklich verdrückt haben. Zum Glück kann ich sie nirgends mehr entdecken.

Überall eilen Menschen unterschiedlichen Alters durch die Straße, selbst kleine Kinder sind noch auf. Einige spielen Fangen, andere streiten sich um einen halbplatten Ball in der Nähe. Noch immer grüble ich, wo ich am besten übernachten sollte.

Erneut suche ich mir einen Hauseingang, wo ich nicht leicht beobachtet werden kann. Ich stelle mich sogar hinter die wackelige Tür, bevor ich versuche, ins Internet zu gehen, um die Entfernung und einen möglichen Weg von Mushin zur Uni-Klinik herauszubekommen.

Es scheint mir inzwischen klüger, mich dorthin zu Fuß aufzumachen und erneut vor Ort nach Dr. Aldemir zu fragen. Sollte er nicht da sein, wäre es vermutlich besser, da irgendwo im Freien auf den Morgen zu warten, anstatt hier in diesem heruntergekommenen Viertel. Aber auch nach drei Versuchen gelingt mir keine Internet-Verbindung.

Erneut stecke ich mein Smartphone in meine Unterhose und trete hinaus auf die Straße.

Dann geht alles so schnell, dass ich mich bis heute nicht genau erinnern kann, was zuerst geschah:

Einer der Jungen von vorhin versperrt mir den Weg, aber tut zunächst nichts weiter. Dann trifft mich von hinten ein Schlag auf den Kopf mit einem harten Gegenstand, der mich augenblicklich in die Knie gehen lässt. Plötzlich sind alle um mich herum. Jeder scheint genau zu wissen, was er zu tun hat.

Einer stopft mir einen dreckigen Lappen in den Mund und bindet ihn mit einem Tuch fest. Ein zweiter tritt mir zwei Mal in den Magen. Ich bekomme kaum noch Luft und kann mich vor Schwindel einfach nicht wieder aufrichten.

Ein anderer packt meinen kleinen Rucksack, während ein weiterer Kumpan meine Hosentaschen durchsucht. Es scheint erst, als würden sie sich nun doch nur mit meinem Rucksack davonmachen wollen. Zwei sind schon vorausgerannt.

Aber da hält der Typ, der wohl ihr Anführer ist, noch mal inne und ruft den anderen etwas zu. Er beugt sich über mich und durchsucht erneut jede meiner Hosentaschen. Auch fühlt er mein Hemd ab. Natürlich weiß ich, was er sucht, denn alle hatten es vorher gesehen.

Schließlich öffnet er meinen Gürtel, zerrt den Reißverschluss auf und greift brutal in meine Unterhose – und findet, was er sucht. Stolz zeigt er den anderen mein Smartphone.

Ein weiterer Schlag auf meinen Hinterkopf lässt alles verschwinden und um mich herum dunkel werden.

Als ich wieder zu mir komme, liege ich im Hausflur hinter derselben wackligen Tür, von wo aus ich zuletzt mein Smartphone benutzt hatte. Als Erstes reiße ich mir das dreckige Tuch vom Kopf und spucke den stinkenden Lappen aus. Ich habe Blut an den Händen, als ich vorsichtig meinen Hinterkopf abtaste.

Dann versuche ich, mich vorsichtig aufzurichten. Ein stechender Schmerz im Kopf lässt einen Anfall von Übelkeit so stark werden, dass ich das wenige, was ich im Magen habe, erbrechen muss.

Erst dann schaffe ich es, mich sitzend aufzurichten und mit dem Rücken gegen die Wand im Hausflur des alten Hauses zu lehnen. Ich habe nur noch meine aufgerissene Hose an. Selbst den Gürtel haben die Gangster mitgenommen.

Auch mein Hemd. Mamas Smartphone. Die Schuhe mit dem Bargeld. Meinen Rucksack.

Mit dem wertvollen Pass. Ohne den ich verloren bin.

In Nigeria haben mich alle Schutzengel verlassen.

# Hamburg, im September

An diesem Abend zeige ich lange niemandem das Foto von Dennis. Es ist so schrecklich, dass Said auf der Flucht an der Grenze zwischen Iran und Türkei ermordet wurde. Es lässt zunächst keinen Raum für anderes.

Wie alle, die heute Abend hier sind, denke ich nur darüber nach, wie wir jetzt Hassan und Mustafa zur Seite stehen können. Es ist das erste Mal, dass sogar Abdul nach seiner Abendschicht im Supermarkt noch zu uns ins *mhc* kommt. Es ist ihm egal, wenn ihn einer seiner arabischen Freunde hier sehen sollte.

„Ich bin hier für meinen Bruder!", sagt er und setzt sich direkt neben Hassan ins Café. Es ist auch das erste Mal, dass fast alle aus der *Safe Space* Gruppe nicht unten im Keller sitzen, sondern oben im Café.

„Wir brauchen einen sicheren Ort überall", meint Leila. Barmann Michael, der auch im Vorstand des *mhc* ist, spendiert freie Getränke für alle an diesem Abend.

Erst spät, als die Ersten schon gegangen sind, fragt mich Igor leise: „Und wie geht es deinem *Freedom Fighter* in Afrika, David?"

Nur Leila, Hassan und Abdul sind außer Igor und mir noch geblieben.

Erst jetzt berichte ich. „Er hat mir ein Foto geschickt: noch aus Kigali. Jetzt ist er auf dem Weg nach Lagos."

„Dürfen wir es sehen?", fragt Leila. Ich hole es nun doch noch aus meiner Brieftasche und lasse es herumgehen: „Das ist er!"

„So jung noch …", sagt Abdul leise.

Hassan hält das Foto lange fest und redet zum ersten Mal wieder mit ruhiger Stimme. „Nur weil es mit Said schrecklich gelaufen ist, darfst du nicht aufgeben bei Dennis aus Uganda, David!"

Ich nicke ihm ernst zu. „Da kannst du dich drauf verlassen, Hassan!"

Leila kommentiert: „Auf dem Weg nach Lagos, David? Lagos ist ein hartes Pflaster. Nigeria ist für uns genauso schlimm wie Uganda. Warum nur dahin?"

„Weil sein Vater da einen türkischen Arzt kennt, der auch schwul ist und vielleicht weiterhilft."

„Hoffentlich!" Leila spricht aus, was wir alle denken. Und macht bereits Pläne: „Ich werde noch heute Nacht bei *Amnesty Internatio-*

nal in London nachfragen, wie er von da aus am besten weiter Richtung Europa kommen könnte."

Igor sagt als Einziger nichts. Er betrachtet das Foto von Dennis lange aufmerksam. Dann überrascht er uns damit, dass er es dicht an seinen Mund führt und vorsichtig küsst. Ohne ein Wort reicht er es mir zurück.

Wenn wir nur bald wieder etwas von Dennis hören. Aber ich weiß nun, dass alle mithelfen werden.

Daheim ist Michelle noch auf. Marco schläft natürlich längst.

Als ich ihr vom Tod Saids berichte, hat sie sofort Tränen in den Augen und murmelt: „Wie furchtbar …"

Bevor ich mir etwas in der Küche zu essen mache, gehe ich ins Internet und auf *Planet Romeo*. Sobald ich wieder Kontakt habe, will ich Dennis vorschlagen, ab jetzt nur noch über *WhatsApp* zu senden. Das ist in jedem Fall billiger und funktioniert vielleicht auch in Lagos?

Er müsste seit gestern Mittag dort sein. Warum meldet er sich nicht?

Ist er am Flughafen festgehalten worden? Vielleicht ist er aber auch schon bei jenem türkischen Arzt in der Uni-Klinik und kommt nur von da aus nicht auf *Planet Romeo*?

Während ich noch suche, hat Michelle mir schon eine Hühnersuppe aufgewärmt, die sie schon früher am Abend gekocht hat. Fragend schaut sie mich an. „Und?"

Ich schüttle den Kopf und puste in die heiße Suppe, um sie etwas abzukühlen.

Dann suche ich bei Google nach den besten Direktflügen von Lagos nach Europa. Alles geht: London, Amsterdam … selbst einmal täglich nach Frankfurt. Jeden Abend um kurz vor Mitternacht startet eine Lufthansa-Maschine von dort, die um halb sieben am nächsten Morgen in Frankfurt am Main landet. Nur sechseinhalb Stunden Flugzeit.

Als ich bei den Preisen klicke, taucht eine Summe von rund 1400 Euro auf. Nicht wenig, aber das würden wir ohne Probleme in unserer *Safe Space* Gruppe in ein paar Tagen zusammenbekommen.

Ich schaue auf die Uhr. Es ist genau Mitternacht.

Ein paar Tage lang bin ich noch ziemlich ruhig. Weil ich mir immer wieder alle möglichen, eher harmlosen Gründe ausdenke, warum Dennis nichts von sich hören lässt.

Vielleicht hat ihm der türkische Arzt empfohlen, niemandem seinen genauen Standort in Lagos mitzuteilen. Oder Dennis hat bereits Pläne, um aus Lagos wegzukommen, und möchte sich erst wieder melden, wenn er an einem sicheren Ort ist. Möglicherweise ist auch einfach sein Smartphone kaputt oder geklaut worden?

Nach einer Woche bekomme ich erste Panik.

In der Nacht zuvor habe ich geträumt, wie er schon am Flughafen verhaftet wurde, weil sein gefälschter Pass auffliegt. Mehrere Soldaten führen ihn ab und bringen ihn aufs Dach des Flughafens. Dort wird er zum Tode verurteilt. Unten vor der Halle stehen hunderte von Menschen, die dem Urteilsspruch zujubeln. „Stürzt ihn vom Dach!“, schreien einige und lachen dabei. Dann wird er tatsächlich erneut gepackt, und zwei Soldaten zerren ihn direkt an den Rand des Daches. Dennis trägt nur noch eine zerrissene Hose und versucht sich verzweifelt loszureißen, hat aber gegen die viel stärkeren Soldaten keine Chance.

Als sie ihn gerade vom Dach stoßen wollen, werde ich schreiend wach. Mein Schrei muss so laut gewesen sein, dass selbst Michelle es gehört hat und aus ihrem Schlafzimmer zu mir gerannt kommt.

„Was ist los, David?“, ruft sie besorgt und reibt sich die Augen.

Ich fühle, dass meine Bettdecke feucht ist von meinem Schweiß. Mein Herz klopft wie verrückt. Ich bekomme erst kein Wort heraus.

„Dennis?“, fragt Michelle leise.

Ich nicke nur und lasse mich erschöpft zurück auf mein Kissen fallen.

Nach zwei Wochen bin ich überzeugt, dass etwas fürchterlich schiefgegangen sein muss. Ganz bestimmt hätte er sich längst gemeldet, wenn er dazu nur in der Lage wäre. Etwas Schlimmes muss ihn daran hindern.

Oder gar …? Ich wage es nicht zu Ende zu denken. Ich will mir einfach nicht vorstellen, dass ihm Ähnliches wie Said geschehen sein könnte.

Leila hat inzwischen einiges über Fluchtwege von Lagos nach Deutschland herausbekommen. Ein Direktflug nach Deutschland sei ausgeschlossen, meint sie, weil ihn Lufthansa ohne ein gültiges Schengen-Visum niemals an Bord lassen würde. Der Landweg ka sei ebenfalls nicht ratsam, da unplanbar teuer und sicher, weil man durch mehrere Länder müsste, in denen e Unruhen oder gar Bürgerkriege herrschen.

er was dann?“, frage ich ungeduldig nach.

ila bleibt ruhig wie meist: „Der Rat aus London lautet: Von La-s weiterfliegen mit seinem Pass aus Uganda in ein Land, wo er ielleicht ein Visum bekommen kann und das so nah wie möglich bei Europa ist.“

„Und das wäre?“

„Zum Beispiel Marokko oder die Türkei.“

Gut, dass Leila starke Nerven und Kontakte in aller Welt hat.

Solange wir nichts Genaues wissen, klammere ich mich an der Hoffnung fest, dass Dennis lebt – und nur auf unsere Hilfe wartet.

Zu Beginn der dritten Woche, in der ich immer noch nichts von ihm gehört habe, bekomme ich eine Idee, die mir schon längst hätte einfallen müssen.

Dennis hatte von jenem türkischen Arzt gesprochen, der am Uni-Krankenhaus von Lagos lehren würde. Vielleicht ist er sogar ein Professor?

In jedem Fall, vermute ich, müsste er auf der Website der Universität aufgeführt sein. Ich gebe bei Google den Namen des Krankenhauses ein sowie die Anschrift, die Dennis mir damals mitgeteilt hatte.

Tatsächlich taucht sofort das Passende auf: *Lagos University Teaching Hospital, Ishaga Road.* Sogar das Fotos eines modernen vierstöckigen Gebäudes ist zu sehen, das von einer Grünanlage umgeben ist. Das muss es sein!

Dann gehe ich auf deren Website und finde unter *teaching staff* zwei Ärzte, deren Namen türkisch klingen: Dr. Deniz Aldemir und Dr. Ali Ozan. Hinter beiden Namen stehen persönliche Mailanschriften.

Endlich eine Spur, die ich verfolgen kann. Gleichzeitig habe ich Angst, etwas Falsches zu schreiben und erst dadurch Dennis in Probleme zu bringen.

Ich rufe Leila an, um sie erneut um Rat zu fragen. Aber sie ist noch nicht von ihrer Arbeit in der Farbenfirma zurück, wo sie noch immer mit meiner Schwester ihre Ausbildung macht. Ich hinterlasse keine Nachricht, sondern probiere es ab jetzt jede halbe Stunde.

Endlich kann ich etwas tun.

# Lagos, im September

Mühsam versuche ich, mich an der Mauer des schmuddeligen Hauseingangs hochzuziehen. Obwohl mir weiter schwindelig ist, gelingt es. Vorsichtig trete ich nach draußen auf die enge und nur schlecht beleuchtete Straße.

Es muss bereits später Abend sein, aber es ist noch immer eher stickig und heiß. Keine abendliche Abkühlung wie in Kampala oder Kigali. Noch sind auch alle möglichen Leute unterwegs, viele barfuß wie ich und in ärmlicher Kleidung. Obwohl meine Hände und mein Gesicht blutverschmiert sind und ich nur meine dreckige und aufgerissene Hose trage, die ich oben mit einer Hand zuhalte, scheine ich jetzt weniger aufzufallen als vorher.

Ich bin nicht der Einzige in Lumpen hier, und mein torkelnder Gang könnte wohl auch gut von Schnaps oder Drogen stammen.

Langsam kommt auch meine Orientierung zurück. Es gelingt mir, den Supermarkt zu finden, wo ich versucht hatte, die Gangsterbande abzuschütteln. Der Laden ist noch immer offen und hell erleuchtet.

Hinter der Kasse steht derselbe ältere Mann wie früher am Abend. Misstrauisch mustert er mich, als ich noch beim Eingang stehe und mich an einem Türpfosten festhalte. Kein Wunder, dass er mich nicht erkennt. Dann stoße ich auf Englisch hervor: „*Uganda* – wissen Sie noch?"

Nur einen Moment stutzt er. Dann ein Erschrecken auf seinem Gesicht. „Wer hat dir das angetan, Junge?"

Er kommt hinter seiner Kasse hervor, was er aus Sicherheitsgründen bestimmt nur in Ausnahmefällen tut. Ich bin einer.

Während er auf mich zukommt, ruft er nach hinten, wo eine Tür zu einer Art Lagerraum offen steht: „*Odu, wa* – Odu, komm!" Ein etwa zehnjähriger Junge mit wachen dunklen Augen, der ein ähnlich langes Gewand wie der ältere Mann trägt, kommt hervor und bezieht Position hinter der Kasse. Die beiden scheinen ein eingespieltes Team zu sein.

„Mein Sohn Odunayo", sagt er stolz.

Dann betrachtet er aufmerksam meine Verletzungen, bewegt sogar vorsichtig meinen Kopf, um die offene Wunde besser begutachten zu können.

„Du brauchst einen Arzt!", beschließt er. Dann führt er mich in seinen Laden und bietet mir einen Plastikstuhl neben der Kasse an. Schon hat er ein Telefon in der Hand und will vermutlich einen Krankenwagen anrufen.

„*No*!", unterbreche ich ihn. „*No ambulance, no police*!"

Erstaunt hält er inne. „Warum nicht, Junge?"

Unmöglich kann ich ihm sagen, dass ich auf der Flucht bin, gerade mein gefälschter Pass und alles andere gestohlen wurde und mich die Polizei vermutlich einsperren würde, obwohl ich gerade selbst Opfer eines Überfalls geworden bin. Mühsam stottere ich vor mich hin: „Bitte, es geht … es geht einfach nicht."

Ohne weiter zu fragen, ruft er seinem Sohn etwas zu, der mich daraufhin bei der Hand nimmt und zu dem Lagerraum nach hinten zieht. Sein Vater geht wieder in Position hinter der Kasse.

In dem schummrigen Lagerraum, der bis zur Decke mit allen möglichen Kisten und Kartons vollgestapelt ist und nur von einer matten Glühbirne erleuchtet wird, nimmt der kleine Odu ein Laken aus einem Regal und breitet es über eine alte Matratze daneben. Dann deutet er mir an, mich hinzulegen. Womit habe ich diese Freundlichkeit von Odu und seinem Vater verdient?

Erschöpft und noch immer schwindlig setze ich mich auf die Matratze. Odu verschwindet kurz und kehrt dann mit einem Glas zurück, das mit einer rötlichen Flüssigkeit gefüllt ist. Er nickt mir zu und sagt: „*Oogun* – Medizin!" Er scheint wenig Englisch zu sprechen. Aber es ist klar, dass ich diesen Saft trinken soll.

Mit beiden Händen halte ich den Becher fest und leere ihn in wenigen Schlucken. Nur einen Moment später spüre ich eine angenehme Müdigkeit und kann den Becher kaum noch festhalten. Ich lasse mich auf die Seite fallen und schließe die Augen.

Von da an löst sich meine Erinnerung auf in einzelne Bilder von Wachwerden und wieder Einschlafen. Von schrecklichem Durst und dann jemandem, der mir irgendeine Flüssigkeit in unterschiedlichen Farben einflößt. Ein Kind ist es, ein Kind mit zarten dunklen Händen, dessen Gesicht ich nicht zu erkennen vermag.

Mal ist es heller um mich herum, mal dunkler. Dann wieder alles schwarz.

Erneut eine labende kühle Flüssigkeit. An meinen Lippen, in meinem Mund, dann meiner Kehle. Trotzdem immer wieder dieser unglaubliche Durst. Irgendwann der Druck zu pinkeln, aber es will nicht gelingen. Dann sinke ich wieder weg. Wann wirklich Tag oder Nacht ist, vermag ich noch nicht zu unterscheiden.

Als die Phasen von Wachwerden schon einige Minuten und nicht mehr nur Sekunden dauern, nehme ich wahr, wie ich irgendwohin getragen werde, ein paar Treppen hinauf und einen langen Gang lang. Dann wieder hinunter. Stimmen um mich herum. Männerstimmen. Die Stimme einer jungen Frau. Die Stimme eines Kindes. Sie ist am vertrautesten, die Stimme des Kindes.

Kann es sein, dass ich sogar geschoben oder gefahren werde? Woher, wohin? Ich bin nicht sicher. Einmal meine ich, die Stimme von Mama zu hören.

Das nächste Mal erwache ich in einem sauberen Bett. Jemand muss mich gewaschen haben. Kein Blut mehr an meinen Händen. Nur mein Kopf tut weh, ein andauernder dumpfer Schmerz. Als ich die Wunde suche, ertasten meine Finger einen festen Verband, der mehrfach um Stirn und Hinterkopf gewickelt ist.

Ich bin unbekleidet, die dreckige und zerrissene Hose ist verschwunden. Mein gesamter Körper ist sorgfältig mit einem sauberen weißen Laken zugedeckt, sodass wirklich nur noch mein Kopf herausschaut. Endlich erkenne ich das Gesicht des Kindes – es ist jener Junge aus dem Supermarkt. Seinen Namen habe ich vergessen.

Er schaut mich an. Wischt mir den Schweiß aus dem Gesicht. Hält mir immer wieder einen Becher hin. Zwischendurch taucht er auf einem altertümlichen Laptop bei allen möglichen Killerspielen weg.

Einmal schaut er mich an mit seinen dunklen wunderschönen Augen und weist mit seiner flachen dunkelbraunen Hand auf seine schmale Brust: „Odu!" Sein Name. Fragend schaut er mich an. Mein Name?

Wie war mein Name? Welchen soll ich ihm sagen?

Was ist geschehen? Warum bin ich hier? Wo ist Mama?

Langsam erinnere ich mich irgendwann an den einen Namen, den von ganz früher, und versuche, ihn auszusprechen. Aber meine Stimme versagt, nur ein heiseres Krächzen. Schon reicht er mir erneut den Becher.

Jetzt geht es. Seit langer Zeit höre ich wieder meine eigene Stimme: „David."

Er lacht. Ich sehe wie in Zeitlupe, dass er seinen Mund öffnet, seine weißen Zähne strahlen und er lachend wiederholt, während er abwechselnd auf sich und mich zeigt: „Odu – David!"

Das zweite größere Gesicht eines älteren Mannes beugt sich über mich. Endlich erkenne ich auch ihn. Obwohl wir nicht in seinem Supermarkt sind. Odus Vater.

Er erklärt: „*Odunayo* heißt das Jahr der Freude! Das Jahr, als er geboren wurde!“

Ein langer Satz. Aber ich höre ihn. Die Worte sinken in meinen Kopf. Allmählich begreife ich den Namen des Jungen. Ein schöner Name.

Langsam lande ich wieder in der Wirklichkeit. Sanft wie in einem Gleitflug. Es muss der nächste oder übernächste Tag sein. Odu und sein Vater stehen neben meinem Bett in einem hellen Raum.

Ein Nachmittag. Von der Straße dringt fernes Stimmengewirr durch das Fenster von weit unten. Vermutlich sind wir in einem dritten oder gar vierten Stock eines hohen Hauses. Weit oben. Ein angenehm kühler und leichter Wind weht durch das offene Fenster herein.

„Über zwei Wochen bist du jetzt bei uns“, erklärt Odus Vater. „Wäre beinahe schiefgegangen“, fügt er hinzu. „Akute Hirnblutung.“

Vorsichtig versuche ich, mich aufzurichten. Es gelingt. Odu schiebt ein Kissen unter meinen Rücken und gegen das Bettgestell.

„*Oseun* – danke!“, stammle ich. Mit diesem einzigen mir bekannten Yoruba-Wort kommt auch Stück für Stück meine Erinnerung wieder zurück. „Ohne Sie wäre ich tot!“

„Kann sein!“, sagt er und klopft auf sein Herz. „Unsere Nachbarin ist Krankenschwester und kennt einen Arzt, der sich überreden ließ zu kommen.“

Was für eine Nachbarschaft in diesem armseligen Viertel. Jede Menge Gangster. Aber auch die wunderbarsten Menschen, die man sich nur wünschen kann.

Dann stellt er sich vor: „Mein Name ist *Olayinka* – in unserer Sprache *der von Reichtum Umgebene.*“ Und fügt lächelnd hinzu: „Damit meinte Allah bei uns nicht den materiellen, sondern den geistigen.“ Mister Olayinka hat Allah fraglos nicht enttäuscht.

„Meine Mutter ist auch Krankenschwester“, sage ich leise. So sehr vermisse ich Mama. Welche Ängste muss sie die letzte Zeit ausgestanden haben? Noch habe ich keine Idee, wie ich wieder Kontakt aufnehmen kann. Wie soll es nur weitergehen? Ohne Pass, ohne alles.

Meine Erinnerung ist noch nicht komplett. Denn da war noch jener Junge aus Hamburg, der mir helfen will. Und jener türkische Arzt, den ich hier nicht hatte finden können. Was wollte ich von ihm?

Wie hieß der schwule Junge? Wie der türkische Arzt? Die Namen sind noch nicht zurück in meinem Kopf.

Während meine Gedanken versuchen, eine Richtung in meinem Kopf zu finden und mehr Zusammenhänge zu kombinieren, schaut mich Mister Olayinka geduldig an.

Lebt er allein mit Odu? Ob es eine Mutter in der Familie hier gibt? Oder noch andere Kinder?

Bevor ich fragen kann, sagt er plötzlich ernst und leise: „Gestorben an Aids … so sinnlos. Odus Mutter, meine geliebte Frau. Unendlich sinnlos, denn es gab längst Medizin. Nur nicht für uns. Nur nicht hier in Mushin."

Dann schaut er mich lange an, nimmt schließlich mein Gesicht in seine rauen Hände und flüstert, als dürfte es sonst niemand hören: „Auch Odus Bruder starb daran … er wäre heute etwa so alt wie du." [28]

Seit diesem Nachmittag geht es deutlich bergauf. Bereits nach zwei weiteren Tagen kann ich das erste Mal allein aufstehen. Am dritten Tag mich selbst waschen und anziehen – von Odus Vater habe ich ein traditionell gemustertes blau-weißes langes *Dashiki* Gewand bekommen! Odu hat mir eine *Fila*-Kappe in den gleichen Farben geschenkt.

Wer mich jetzt sieht, denkt nicht mehr, dass ich Fremder bin, sondern eher ein junger Yoruba-Mann aus guter Familie.

Plötzlich ist es wieder in meinem Kopf, warum ich hier bin … in Lagos, in Nigeria. Weit weg von zu Hause. Weil es Leute gibt, die mich daheim, in Kampala, in Uganda, einsperren oder vielleicht sogar ermorden wollen. Weil ich … weil ich andere Jungen und Männer liebe. Weil ich so bin.

Ob es ein Wort dafür in der Yoruba-Sprache gibt? Ich weiß es nicht. Und will es auch vorläufig nicht mal wissen[29].

Mister Olayinka ist ein guter Mensch. Ohne Frage. Ohne ihn wäre ich auf der Straße verblutet. Am nächsten Morgen vermutlich von der Polizei eingesammelt worden. Irgendwo am Stadtrand von Lagos in ein staatliches Massengrab für nicht identifizierbare Leichen geworfen. Nichts Besonderes. Eines von täglich über fünfzig Mordopfern in Nigeria. Keine Zeile wert.

Mister Olayinka hat mich vor so einem Schicksal bewahrt. Aber kann ich es riskieren, ihm ehrlich zu sagen, warum ich hier bin – und wohin ich will? Ich bin unsicher ... und schiebe eine Antwort erst mal vor mir her.

Einmal werde ich ihm meinen Dank zeigen. Das nehme ich mir fest vor. Aber jetzt muss es darum gehen, so bald wie möglich mein eigenes Leben wieder zu beginnen. Mein eigenes Leben? Was ist davon übrig?

Wie soll ich jemals hier wegkommen? Weiter in ein Land, wo ich wirklich ein eigenes Leben führen kann? Vielleicht sogar sicher sein kann?

Erneut scheint der gute Mister Olayinka meine Gedanken zu lesen. „Du kannst hier so lange bleiben, wie du willst, David. In Mushin wird wenig kontrolliert. Den Nachbarn habe ich erzählt, dass du ein ferner Verwandter aus Sierra Leone bist und durch einen schweren Unfall viel vergessen hast. Sogar deine Muttersprache."

Gleichzeitig stößt Odu seinen Vater an und sagt ihm etwas ins Ohr. Mister Olayinka lacht. „Odu sagt, er kann gut jemand im Laden zum Helfen gebrauchen!"

Genau das mache ich die nächsten Tage. Am Anfang nur eine Stunde. Nach einer Woche geht es schon länger. Bald traue ich mich sogar auf die Leiter im Lagerraum.

Mister Olayinka bohrt nie nach, was meine Vergangenheit angeht. Oder warum ich überhaupt aus Uganda nach Nigeria gekommen bin. Wenn Kunden mich ansprechen, tue ich so, als könnte ich nicht reden, und weise sie zu Mister Olayinka oder Odu. Nachbarn und Kunden gewöhnen sich an mich.

An den stummen Jungen aus Sierra Leone.

Ein paar Mal denke ich daran, Mister Olayinka zu fragen, ob ich sein Handy benutzen dürfte. Nur einmal für eine SMS an Mama. Aber dann hat er die Nummer – und auch Mama hat seine. Das kann zu Problemen führen. Ich bin nach allem deutlich vorsichtiger geworden.

Um Geld für einen der Internetshops in der Nähe mag ich ihn nicht fragen. Einmal werde ich vielleicht etwas von ihm bekommen für meine Arbeit. Aber so weit ist es noch nicht.

Inzwischen kann ich mich aber wieder an den Namen jenes Arztes im Uni-Krankenhaus in Lagos erinnern. Vor ein paar Nächten war er auf einmal wieder in meinem Kopf: Dr. Aldemir. Deniz Aldemir. Nur seine Telefonnummer nicht mehr. Aber ich kann doch nicht einfach zu ihm hingehen – in seine Sprechstunde ins Krankenhaus?

In meinem Yoruba-Gewand und auf Sandalen, ohne Papiere, ohne Geld und einfach sagen: Können Sie mir bitte helfen, nach Europa zu kommen? Ich bin David, wissen Sie noch? Mein Vater hat Ihnen vor ein paar Wochen geschrieben.

Hat er es wirklich getan? Mein Vater, an den ich gar keine eigene Erinnerung habe? Denn warum hat Dr. Aldemir nicht auf meine Anrufe am Tag meiner Ankunft geantwortet? Angeblich wusste er doch von meinem Plan?

Noch immer habe ich manchmal starke Anfälle von Migräne. Dann wird mir plötzlich schwindelig, und ich muss mich schnell hinlegen. Sonst wird mir übel. Zwei Mal habe ich selbst im Supermarkt kotzen müssen.

Die *Fila* verbirgt sonst tagsüber meine Narbe am Hinterkopf, die inzwischen gut verheilt ist. Nur meine Haare sind noch nicht wieder gleich lang nachgewachsen. Das macht aber nichts.

Hier in Mister Olayinkas und Odus kleiner Welt des Supermarkts bin ich zumindest beschützt. Im selben Gebäude haben sie im vierten Stock eine bescheidene Wohnung, in der meist auch Wasser und Strom funktionieren. Dort teile ich mit Odu ein winziges Zimmer, das aber immerhin ein eigenes Fenster hat, durch das nachts meist eine angenehme Brise weht.

Wenn er nicht schläft, spielt Odu fast immer auf seinem Laptop. Ich sehe dann im Dunkeln die Reflexionen des flackernden Lichts an der Zimmerdecke. Aber ich muss keine Schussgeräusche seiner Killerspiele hören, denn der Lautsprecher seines Laptops hat wohl schon länger den Geist aufgegeben.

Erst nach zwei weiteren Wochen habe ich wieder genug Mut und Kraft gesammelt, um weiterzumachen. Gestern Abend fiel mir in Mister Olayinkas kleinem Büro zufällig ein Stadtplan von Lagos in die Hände, deutlich markiert darin alle größeren Krankenhäuser. Auch das der Universität in der *Ishaga Road*.

Es ist noch ganz früh am nächsten Morgen und der Laden noch nicht mal geöffnet, als ich Mister Olayinka bitte, mir für den Vormittag frei zu geben.

„Wohin willst du denn?“, fragt er freundlich, während er sich einen Tee in der kleinen Küche bereitet. Odu schläft noch.

Ehrlich antworte ich ihm: „Als ich in Lagos ankam, hatte ich die Telefonnummer eines Kollegen meines Vaters. Er hat aber nicht geantwortet. Und so habe ich mich damals allein auf die Suche gemacht. Das war mein Fehler. Jetzt will ich es erneut versuchen. Darf ich Ihren Stadtplan ausleihen?“

„Natürlich“, nickt er, ohne auch nur eine einzige weitere Frage zu stellen. Immer wieder berührt mich sein Vertrauen in mich. Ich bin in sein und Odus Leben gekommen, als wäre ich schon immer hier gewesen.

Alles ist einfach und normal. Als wäre ich der ältere Sohn … auf geheimnisvolle Weise heimgekehrt. Aber auch hierüber kein weiteres Wort seit der geflüsterten Mitteilung damals, als ich noch kaum aufstehen konnte.

Von unserem Stadtteil bis zum Uni-Krankenhaus kann es gemäß der Karte tatsächlich nicht so weit sein. Das Mädchen, das mir damals gebratenes Hühnerfleisch verkaufte, hatte gesagt: „Mit dem Bus zwanzig Minuten.“ Aber bei dem chaotischen und fast immer verstopften Verkehr hier sagt das nicht viel.

Noch einmal fahre ich mit dem Finger über jene Route auf dem Stadtplan, um sie mir genau einzuprägen. Ich muss von Mushin in südlicher Richtung zur Isolo Road laufen. Und dann die Akanro Street finden, die irgendwann in die Ishaga Road übergeht. Hoffentlich gibt es Straßenschilder. Ich werde sehen.

Seit dem Überfall breche ich zum ersten Mal wieder auf eigene Faust in die Stadt auf. Werde ich dieses Mal Dr. Aldemir finden? Und wenn ja – wie wird er mir begegnen? Anders als am ersten Abend in Lagos beachtet mich niemand, als ich durch unser Viertel laufe.

Für Außenstehende bin ich einer von hier geworden.

# Hamburg und Lagos, Anfang Oktober

**Hamburg**

Leila ruft noch am selben Abend nach der Arbeit in ihrer Ausbildungsfirma an: „Gute Idee, David! Schreib nur so, dass du nichts verrätst."

Genau so mache ich es. An beide türkischen Ärzte am *University Teaching Hospital* von Lagos, Dr. Aldemir und Dr. Ozan, schreibe ich jeweils auf Englisch folgende Mail:

*Sehr geehrter Herr Doktor!*
*Ich bin Schüler einer Oberschule in Hamburg, Deutschland, und stehe seit Längerem im Briefkontakt mit dem Schüler Dennis, der in Kampala, Uganda, zur Schule geht. Dies vor allem, um mein Englisch zu verbessern. Jede Woche schreiben wir uns zwei oder drei Mal über eine bestimmte Website.*

*Zuletzt schrieb er mir vor über zwei Wochen, dass er aus persönlichen Gründen dringend nach Lagos müsste, um dort einen türkischen Arzt am Uni-Krankenhaus zu treffen. Er versprach, sich auch aus Lagos umgehend wieder zu melden.*

*Da ich seitdem nichts gehört habe, mache ich mir Sorgen. Sagt Ihnen meine Anfrage etwas? Hat sich Dennis bei Ihnen gemeldet?*

*Ich habe Ihre Mailanschrift über die Internetangaben Ihrer Uni gefunden.*

*Für eine Antwort wäre ich Ihnen sehr dankbar.*

*Hochachtungsvoll …*

Innerhalb einer Stunde kommt eine höfliche Antwort von Dr. Ozan:

*Lieber David,*
*leider nie von einem Dennis aus Uganda gehört.*

*Bitte grüßen Sie Hamburg – ein Bruder von mir hat dort mal studiert.*

*Freundliche Grüße,*
*Ali Ozan*

Nun setze ich alle Hoffnung auf Dr. Aldemir. Tatsächlich erreicht mich fast genau vierundzwanzig Stunden später eine Mail auch von ihm. Vermutlich hat er sich erst bei Dennis' Mutter oder Vater nach mir erkundigt – und ob mir zu vertrauen sei. Er schreibt:

*Lieber David,*

*wie du bin ich besorgt um Dennis.*

*Sein Vater hatte mich über seine Probleme in Kampala vertraulich informiert. Bitte erwähne hierzu nichts in unserer Korrespondenz, wenn du erneut schreibst (worüber ich mich freuen würde).*

*Am Tag seiner Ankunft hier in Lagos vor knapp drei Wochen erreichte mich eine Nachricht auf meinem Handy, dass er gelandet und durch alle Kontrollen sei und ich mich melden möge.*

*Leider konnte ich diese Nachricht nur mit Verspätung abhören, weil ich Notdienst hatte und zu der Zeit keine Telefonate entgegennehmen konnte. Natürlich rief ich ihn nach meinem Dienst sofort zurück, aber nun nahm er nicht mehr an. Ich habe es seitdem immer wieder versucht, aber ohne Erfolg.*

*Um dir gegenüber ehrlich zu sein – wir, auch seine Eltern, sind aufs Höchste besorgt!*

*Über Dennis' Mutter weiß ich inzwischen um deine besondere Kommunikation zwischen euch übers Englischlernen hinaus, wenn ich das so sagen darf.*

*Können wir bitte einfach in Kontakt bleiben und einander umgehend unterrichten, wenn einer etwas von Dennis hört? Hoffentlich Gutes!*

*Freundliche Grüße von Lagos nach Hamburg,*
*Deniz Aldemir*

Nachdem ich Michelle die Mail aus Lagos vorgelesen habe, antwortet sie besorgt: „O je, wo ist Dennis bloß? Aber immerhin ist dieser Arzt wohl okay, nicht?"

Natürlich schreibe ich sofort zurück, danke ihm für sein Angebot und bestätige, dass wir einander jederzeit informieren sollten, sobald es etwas Neues gibt. „Hoffentlich Gutes!" füge auch ich hinzu.

In Hamburg hat inzwischen der Herbst mit ersten kühlen Stürmen begonnen, der die abgefallenen Blätter vor sich hertreibt. Es war ein ungewöhnlich langer und warmer Sommer für Norddeutschland. Trotz Sorge um ein völlig durchgedrehtes Klima haben es viele genossen.

Dass ich während der Sommerferien nicht weg war und die meiste Zeit im Supermarkt jobbte, war dadurch weniger schlimm. Selbst abends ging ich an milden Spätsommertagen noch öfter bei unserem Freibad für ein paar Runden im Fünfzig-Meter-Becken vorbei. All das ist nun Anfang Oktober mit einem Schlag vorbei.

In der Schule bekommen wir von den meisten Lehrern zu hören, dass nun „alles auf uns" ankommt – als wäre das nicht schon all die Jahre so gewesen. Die letzten Monate vor den Abi-Prüfungen. In Deutsch habe ich moderne Literatur bei Frau Schneider gewählt.

Hoffentlich kommt Günter Wallraff dran. Nicht nur sein Schreiben, sondern sich mit Schreiben einsetzen für eine gerechtere Welt, gefällt mir an ihm. „Der Mann hat eben auch seine eigene Stimme gefunden!", bestätigt Frau Schneider, als ich ihr meine Entscheidung mitteile. Sie findet immer noch, dass auch ich eine eigene Stimme in meinen Aufsätzen habe. Nur oft zu faul sei. Aber Günter Wallraff ist bestimmt auch kein Streber. Hoffe ich zumindest.

An einem Abend sitzen Michelle und ich noch lange zusammen im Wohnzimmer auf dem Teppich, als der kleine Marco schon tief schläft und der letzte Spätfilm im Fernsehen gerade zu Ende ist.

„In der Berufsschule sagt niemand, dass es auf uns ankommt", meint Michelle. „Pauken und die richtigen Kreuze machen – oder durchfallen. So schlicht ist es bei uns."

„Wenigstens ehrlich", gebe ich zurück. „Weißt du schon, was du und Leila machen, wenn ihr richtige Kauffrauen seid?"

„In jedem Fall abhauen bei *IG Farben*", sagt sie entschlossen. „Es gibt ziemlich viele gute freie Stellen im Einzelhandel. Vielleicht nehme ich auch mal was ganz woanders an, zum Beispiel mehr südlich wie in Frankfurt oder München. Hamburg ist immer so mies und grau, jedenfalls im Winter."

„Was?", rufe ich entsetzt. Davon hat sie bisher noch nie etwas gesagt. Es geht doch so gut mit uns dreien hier.

„Du wirst dann doch vielleicht auch irgendwo anders hin abhauen zum Studieren oder so?", schaut sie mich fragend an.

Was soll ich schon studieren? Aber vielleicht in der Welt ein paar Wochen oder Monate herumreisen, das könnte mir gefallen. Nur gerade dann wäre es umso schöner, immer wieder zu unserer Regenbogenfamilie zurückkehren zu können. Zu Michelle sage ich nur: „Ich will nicht studieren."

In diesem Moment kommt endlich wieder eine Mail von Dr. Aldemir herein. Sofort springe ich auf und öffne sie auf meinem Laptop. Michelle schaut mir über die Schulter.

*Lieber David,*

*endlich gute Nachrichten: Nach fünf Wochen im Land ist Dennis heute bei mir im Büro aufgetaucht. Er lebt!!!*

*Er hat Schlimmes hinter sich. Aber ein einfacher Kaufmann, ein Angehöriger der Yoruba, hat ihn in einem Armenviertel von Lagos nach einem Überfall aufgenommen und ihm das Leben gerettet …*

An dieser Stelle umarmt mich Michelle ganz fest von hinten und ruft: „Mann, ist das schön, David! Der Junge lebt!"

Dann lacht sie so laut in mein Ohr, dass ich sie erst unwillkürlich wegschubse, aber dann auch mitlachen muss. Ausgelassen schreit sie weiter: „Gerettet von einem Kaufmann! Siehst du, kleiner Bruder … in so einer guten Branche lerne ich!"

Auch ich bin jetzt aufgesprungen – wir tanzen wie ausgelassene Kinder durch die Wohnung. Dabei machen wir offensichtlich solchen Krach, dass sogar Marco aufwacht, aus seinem Kinderbett krabbelt und sich verschlafen die Augen reibt. Als er seine Mutter und mich so froh sieht, ist er sofort dabei und springt mit uns durchs Zimmer. Ein gutes Kind – immer bereit zum Feiern!

Als wir alle drei außer Atem sind, ziehe ich Michelle zurück zum Computer. Die Mail von Dr. Aldemir war noch gar nicht zu Ende:

*… als Erstes haben wir heute Morgen sofort seine Mutter angerufen.*

*Dann habe ich ihm ein Handy besorgt, damit wir ab jetzt einander immer erreichen können. Er will auch unbedingt bald mit dir in Kontakt kommen. Es ist nicht so gut wie sein altes, aber immerhin ist WhatsApp drauf. Ich sende dir seine Nummer dafür gleich noch.*

*Wie es jetzt weitergeht, wissen wir noch nicht genau.*

*BITTE sei vorsichtig in unserer Kommunikation.*

*Ihm ist alles geklaut worden.*

*Du verstehst, ja? ALLES.*

*So kommt er auch nicht ohne Weiteres hier aus dem Land. Aber er lebt … und hat vorläufig einen sicheren Ort in jenem armen Stadtteil. Sicherer als bei mir in einem eher edlen Viertel, wo alles dauernd überwacht ist und niemand ohne Ausweis rein- oder rauskommt.*

*David, alles andere wird dir Dennis berichten.*

*Er sagte, dass er bei dir und deiner Schwester in Hamburg wohnen könnte. Stimmt das?*

*Wir halten Kontakt.*

*Viele Grüße, auch an deine Schwester,*

*Deniz Aldemir*

Michelle strahlt mich an: „Er hat sogar wieder mich grüßen lassen! Ach David, vielleicht wird wirklich noch alles gut für den Jungen!"

Zu dritt umarmen wir uns, der kleine Marco in der Mitte.

Doch von Lagos nach Hamburg ist es noch weit. Sehr weit.

**Lagos**

So schrecklich meine Ankunft hier begann, so gut war es heute, endlich Dr. Aldemir zu treffen. Schon bei der Kontrolle am Eingang des Krankenhauses werde ich sofort durchgelassen, nachdem der Wachmann in seinem Büro angerufen und meinen falschen Namen durchgegeben hat. Als ich kurz darauf in seinem Büro im zweiten Stock bin, schließt er die Tür, gibt mir die Hand und sagt, dass ich ihn ruhig Deniz nennen könne. Aber mir fällt es schwer, einen Doktor mit Vornamen anzusprechen. Das würde auch Mama mehr als unhöflich finden.

Bevor wir weiterreden, rufen wir sie von einem Handy an, das er aus einer Schublade holt: „Das bekommst du später. Es hat eine Nummer, die nicht registriert ist."

Dann Mama am Telefon. Nur drei oder vier Minuten. Ich spüre, dass sie kaum sprechen kann vor lauter Aufregung. Immer nur wiederholt: „Ach, mein Junge … ach, lieber Herr Doktor … ach, mein lieber Junge …"

Ich frage sie nur, ob sie in Kampala in Ruhe gelassen wird. Aber sie kann noch immer kaum reden und stammelt nur: „Ja, ja, mein Junge, alles ist gut. Du bist am Leben!"

Dann schaltet Dr. Aldemir das Handy aus und gibt es mir mit einem Aufladekabel. Auf einen Zettel notiert er den Anschluss und zeigt mir, wie man auf *WhatsApp* gehen kann: „Das müsste erst mal reichen. Und du hast meine Nummer auch dabei."

Natürlich weiß er, dass Dennis mein falscher Name ist … es gibt ihn nur wegen des inzwischen geklauten Passes. Um Sachen nicht komplizierter zu machen, schlägt er vor, dass ich hier erst mal weiter den falschen Namen benutze. Dennis Kadaga.

„Hat außerdem eine schöne Bedeutung im Türkischen", fügt er hinzu. „Deniz heißt *das Meer*. Möge es ein gutes Omen sein."

Er lebt lange genug in Lagos, dass er weiß, wo ich eventuell einen neuen falschen Pass bekommen kann. Dann vielleicht nur mit einer anderen Nationalität und wieder einem neuen Namen.

„Aber vielleicht taucht der geklaute auch irgendwo auf – und du kannst ihn offiziell zurückbekommen. Das wäre am besten. Pässe werden auf verschiedenen Märkten hier gehandelt. Noch heute werde ich bei RuandAir eine Kopie deines Tickets aus Kigali anfragen. So kannst du zumindest schon mal nachweisen, dass du korrekt eingereist bist."

Ich mag Dr. Aldemir vom ersten Moment an. Er spricht auch voller Anerkennung von den Yoruba, als ich ihm von Mister Olayinka und seinem Sohn Odu erzähle. „Feine Menschen!", stimmt er mir zu. Ich weiß inzwischen, dass es viele Spannungen und immer wieder auch Gewalt zwischen den verschiedenen Völkern gibt, die in Nigeria leben.

Ich schätze Dr. Aldemir auf Ende fünfzig, höchstens Anfang sechzig. Sein Haar ist noch voll, aber an den Seiten ergraut. Aber ob er auch schwul ist? Ich kann es nicht spüren und traue mich auch nicht, direkt zu fragen. Er wirkt so männlich und selbstbewusst. Offensichtlich ein Arzt mit hoher fachlicher Autorität, da er sonst nicht Studierende ausbilden dürfte.

Zu meiner Überraschung spricht er es selbst an: „Es stimmt, Dennis, dass ich auch so bin wie du und David in Hamburg. Aber ich wuchs zu einer anderen Zeit auf. Niemals hätte ich ein geachtetes Leben führen können, wenn ich nicht früh geheiratet hätte. Meine Frau weiß alles und liebt mich. Unsere vier inzwischen erwachsenen Kinder wissen nichts, und das bleibt auch so, bis ich in zwei Jahren pensioniert werde. Dann werde ich Lagos verlassen und wieder in Istanbul leben. Mal sehen, was dann noch möglich ist. Ich bin froh, dass es heute junge Menschen wie dich und David gibt. Ihr macht auch mir Mut."

Und dann fügt er schmunzelnd hinzu: „Ein schöner Zufall, nicht? Du und er haben den gleichen Vornamen. Weiß er es schon?"

Ich schüttle den Kopf. Ich weiß genau, wann ich es ihm sagen werde: Wenn wir uns das erste Mal sehen, treffen, anschauen, umarmen.

Dann.

**Hamburg und Lagos**

Und dann ist es tatsächlich so weit. Noch in derselben Nacht.

Nicht mehr über *Planet Romeo*, sondern *WhatsApp*, ohne Foto, nur mit seinem Namen: Dennis. Das erste Mal höre ich seine Stimme. Eine freundliche Jungenstimme. Sein Englisch hat einen Akzent, den ich nicht kenne. Aber es ist seine Stimme. Die Stimme von Dennis. Wow!

Dennis: „Sorry, ich weiß, es ist mitten in der Nacht. Habe ich dich aufgeweckt, David?"

David: „Ja, hast du. Wunderbar!"

Dennis: „Ich bin auch froh, dich zu hören. Du hast eine tiefere Stimme als ich."

David: „Echt?"

Dennis: „Ja, aber gut. Klingt gut."

David: „Was ist nur passiert? Ich hatte solche Angst um dich."

Dennis: „Ich wurde überfallen, gleich am ersten Abend. Und habe dabei zwei Mal was über den Kopf bekommen. Zum Glück habe ich einen Dickschädel!"

David: „Und jetzt? Hast du noch Schmerzen?"

Dennis: „Nur manchmal. Meist alles okay. Habe eine dicke Narbe. Aber irgendwann wird mein Haar drüber wachsen. Bis wir uns sehen, ist alles gut!"

David: „Weißt du schon, wie du weiterkommen wirst?"

Dennis: „Nicht wirklich. Zuerst brauche ich einen neuen Pass. Das können wir nur hier regeln. Da kannst du nichts machen."

David: „Kann ich sonst etwas tun?"

Dennis: „Mich nicht vergessen …"

David: „Niemals! Ich habe auch dein Foto noch, sogar zwei Mal ausgedruckt. Ich habe es auch allen anderen hier in Hamburg gezeigt."

Dennis: „Bitte sende mir noch mal das Foto von dir. Ich hatte nur das auf meinem Smartphone."

David: „Wird gemacht. Und bitte melde dich bald wieder!"

Dennis: „Versprochen. Ich sende dir auch ein neues Foto von mir. In echter afrikanischer Kleidung. Und mit meinen beiden Lebensrettern."

David: „Super … ich freue mich drauf."

Dennis: „Schlaf gut … ich vermisse dich."

David: „Hallo? Bist du noch da, Dennis?"

Abbruch – Abbruch – Abbruch

**Hamburg**

Am Nachmittag des nächsten Tages kommen zwei Fotos von Dennis aus Lagos. Eines zeigt ihn in einem blauweißen langen afrikanischen Gewand mit einer traditionellen Kappe in gleichen Farben. Er steht vor einer braunen Lehmmauer und schaut ernst.

Auf dem anderen ist ein älterer Mann in ähnlicher Kleidung, aber anderen Farben zu erkennen, der seinen rechten Arm um die Schultern von Dennis gelegt hat. Vor ihnen steht ein dünner Junge in weißem Gewand. Alle drei lachen in die Kamera. Gemeinsam sehen sie aus wie ein Vater mit zwei Söhnen. Dennis hat dazu getippt: Meine Lebensretter.

Als ich es Abdul im Lager des Supermarktes zeige, schaut er es sich lange an. Dann gibt er es mir zurück und sagt: „Ich freue mich so mit dir und Dennis, David!"

Am Abend wird er erneut seinen Bruder Hassan begleiten zur *Safe Space* Gruppe. „Es geht nicht nur um euch", erklärt er leise, bevor uns der Abteilungsleiter wieder auf den Hof zum Abladen scheucht. „Es geht uns alle an, dass Dennis sicher leben kann. Eines Tages."

Leila hat versprochen, sich darum zu kümmern, wie wir einen Asylantrag für Dennis in Deutschland vorbereiten können. Seitdem habe ich aber noch nicht wieder von ihr gehört.

Nur einen Tag nach der ersten Mail, an einem Sonntagnachmittag, als ich allein daheim bin, kommt eine zweite von Dr. Aldemir:

*David, entschuldige, wenn ich es so direkt frage – wäre es dir möglich, in den nächsten ein oder zwei Wochen von Hamburg nach Istanbul zu kommen?*

*Sehr herzlich, Deniz Aldemir*

Es geht eigentlich gar nicht, weil ich gerade eine Nachhilfe für Mathe begonnen habe, ohne die ich wohl keine Chance bei der Prüfung haben werde. Und ich habe Michelle versprochen, an mehreren Abenden auf Marco aufzupassen, wenn sie Leila bei deren Prüfungsvorbereitungen helfen will, da Frau Gonzales genau in dieser Zeit einen Intensiv-Deutschkurs an der Volkshochschule belegt hat.

Ohne Zögern antworte ich: *Ja klar! Was soll ich tun?*

Ich weiß, dass Michelle und Leila eine andere Lösung finden werden – und wenn ich wegen Dennis durch die Matheprüfung falle, ist es wenigstens ein vernünftiger Grund.

*Ich melde mich wieder – danke, David!*, lautet die folgende, noch kürzere Mail.

**Lagos**

Mister Olayinka und Odu freuen sich mit mir, dass ich dieses Mal den Kollegen meines Vaters treffen konnte. Ich sage nicht, dass er Arzt ist und nicht, dass ich vielleicht bald weiterreisen werde. Mehr fragt auch Mister Olayinka nicht.

Ich möchte auf einen besseren Moment warten, um ihnen in Ruhe zu erklären, warum ich keinesfalls in Lagos bleiben kann, auch wenn sie die besten Menschen sind, denen ich hier nur begegnen konnte.

Leider kommt dieser Moment nicht. Schon gar nicht mit Ruhe. Und ich will keine Unruhe verbreiten, solange ich selbst nichts Näheres weiß.

Fünf Tage nach meinem Besuch bei Dr. Aldemir ruft er mich erneut an und redet so leise, als müsste er sichergehen, dass ihn auch wirklich niemand in der Nähe seines Büros hören kann.

„Dennis?"

„Ja?"

„Ich habe alles, was du brauchst. Bitte komme morgen Vormittag in mein Büro. Um elf Uhr. Geht das?"

„Ja, Dr. Aldemir."

„Bis morgen, Dennis!" Schon hat er aufgelegt.

In dieser Nacht kann ich kaum einschlafen. Odu dagegen atmet ruhig in seinem Bett gegenüber. Sein alter Laptop sendet noch irgendwelche stummen Bilder über den Schirm, deren Lichter an der Decke flackern. Erst als schon die ersten frühen Großstadtgeräusche durch das offene Fenster zu uns heraufschallen, falle ich in einen unruhigen Schlaf.

Beim Frühstück sage ich zu Mister Olanyika und Odu: „Ich muss heute wieder zu dem Kollegen meines Vaters. Ich bin nicht sicher, was danach geschieht. Vielleicht muss ich Lagos für eine Weile oder auch für immer verlassen."

Besorgt schaue ich in ihre Gesichter. Odu hat es nicht genau verstanden, aber sein Vater antwortet ruhig wie immer: „Wir lieben dich, Dennis. Was immer geschieht – du hast nun auch eine kleine Familie in Lagos."

Zu gern würde ich ihm mehr sagen, mehr erklären. Aber ich bekomme kein Wort heraus. Plötzlich laufen mir dicke Tränen übers

Gesicht. Am Ende stammle ich nur: „Ich liebe euch auch … immer."

Mister Olanyika streicht mir über den Kopf, als wäre ich wirklich sein Sohn. Mehr sagt er nicht. Er gibt keine Anweisung, den Wohnungsschlüssel zurückzugeben. Er bittet mich auch nicht, noch zu bleiben, bis morgen die neue große Lieferung aus Abuja eingetroffen ist, damit er und Odu sie nicht allein abladen, einräumen und registrieren müssen. Er bohrt nicht mal nach, wohin ich denn von hier aus überhaupt will.

Mister Olayinka vertraut mir uneingeschränkt.

Nachdem sie beide schon den Laden unten geöffnet haben, überlege ich noch, was ich mitnehmen muss zu Dr. Aldemir. Plötzlich ist klar, dass ich gar nichts besitze, was es einzupacken gäbe. Das Besondere ist, dass mir nichts gefehlt hat die letzten Wochen hier. Ich hatte immer ausreichend von dem, was ich am meisten brauchte: Pflege, Zuneigung, Essen, ein Bett. Nichts davon kann man wirklich mitnehmen.

Den Weg zu Dr. Aldemirs Büro finde ich dieses Mal ohne jede Mühe. In weniger als einer Stunde bin ich in der Ishaga Road. Am Tor steht derselbe Wachmann und wählt die Nummer von Dr. Aldemir, ohne weiter zu fragen.

Dr. Aldemir erwartet mich schon unten in der Halle. Sein Blick zeigt Erleichterung, als er mich sieht. Aber auch eine deutliche Anspannung ist spürbar. Gemeinsam fahren wir schweigend im Fahrstuhl zu seinem Büro im zweiten Stock.

Erst als er die Zimmertür wie beim ersten Mal sorgfältig geschlossen hat und wir beide einander gegenübersitzen, beginnt er zu reden:

„Seit gestern früh habe ich einen neuen falschen Uganda-Pass für dich. Es ist gelungen, ihn mit den gleichen Daten auszustatten wie deinen geklauten. Du bist also weiter Dennis Kadaga. Sogar ein Einreisestempel ist dabei. Nur ein Foto fehlt noch, aber das machen wir gleich."

Dr. Aldemir zückt ein edles Smartphone und macht zwei Portraitaufnahmen von mir. Dann drückt er auf ein paar Nummern und erklärt: „In einer halben Stunde wird der fertige Pass hier abgeliefert."

Ich bin beeindruckt, was man in Lagos alles lernen muss, um zu überleben. Selbst als angesehener Arzt im Uni-Krankenhaus.

Er nickt mir kurz zu und fragt: „Okay?"

Ich nicke stumm.

Dann fährt er fort: „Du fliegst heute Nacht – ab Lagos um 22.45 Uhr. Ankunft morgen früh in Istanbul um 7.10 Uhr. Mit Turkish Airlines, wo mir ein guter Freund geholfen hat. Heute Nachmittag holt dich mein Fahrer ab und wird dich ab dann nicht mehr aus den Augen lassen, bis du durch die Kontrolle am Flughafen bist."

Wieder nickt er mir zu: „Einverstanden?"

Noch immer bekomme ich kein Wort heraus.

„Hast du Gepäck?", fragt er weiter.

„Nein", sage ich. „Gar nichts."

„Jetzt hast du welches", lächelt er zum ersten Mal und holt einen kleinen Rollkoffer aus einem Schrank.

Er zieht den Reißverschluss an einer Seite auf und öffnet ihn. „Ein paar allgemeine Dinge wie Toilettenartikel und Rasierzeug. Aber auch ein vollständiges Set europäischer Kleidung. Jeans. Drei T-Shirts. Ein paar Lederschuhe. Eine warme Jacke ... und, na klar, Unterwäsche und Socken. Alles von meinem Yusuf, dem zweitjüngsten Jungen, als er das letzte Mal hier zu Besuch war und es einfach zurückließ. Er hat ungefähr deine Statur."

Danach schließt er den Reißverschluss am Deckel des Koffers wieder.

„Mein Fahrer wird den Koffer im Auto haben, wenn er dich abholt. Du solltest dich sowieso erst am Flughafen umziehen. Bis dahin bleibst du der junge Yoruba-Mann. Dort bekommst du auch den Pass, das Flugticket und zweihundert Dollar in bar, damit du etwas hast bei der Ankunft in Istanbul. Mein Fahrer wird darauf achten, dass dir das nicht schon bei der Ausreisekontrolle abgenommen wird!"

Wieder beweist Dr. Aldemir, wie gut er sich in Lagos auskennt.

Das erste Mal habe ich eine Frage: „Wie soll es dann ins Istanbul weitergehen? Holt mich jemand ab?"

Dr. Aldemir überlegt einen Moment, als wüsste er die Antwort selbst nicht, und fährt dann zögerlich fort: „David, ich muss dir ehrlich sagen, dass mein Einfluss heute Abend hier am Flughafen endet. Zwar habe ich jede Menge Familie in Istanbul, aber die darf hierbei keine Rolle spielen. Es geht einfach nicht."

Ich nicke und sage: „Sie haben dann auch wirklich genug getan. Ich werde dann einfach weitersehen. Ohne Ihre Hilfe würde ich niemals von hier wegkommen."

Dann fügt er so zögerlich, wie ich es sonst nicht von ihm kenne, hinzu: „Ich versuche etwas zu organisieren, aber weiß nicht, ob es gelingt. Sei darum lieber darauf vorbereitet, dass du dann deinen Weg nach Hamburg allein suchen musst."

„Ist gut", bekräftige ich wieder. „Ich danke Ihnen so sehr für alles, was Sie hier für mich tun."

„Ich schlage vor, dass du deine Mutter erst wieder anrufst, wenn du morgen gut in Istanbul gelandet bist. Damit sie sich keine unnötigen Sorgen macht. Siehst du das auch so?"

Er hat auch hier recht. Eine Frage habe ich dann aber doch noch. „Dr. Aldemir, bitte verstehen Sie es nicht falsch, aber darf ich die Hälfte der zweihundert Dollar jetzt schon haben? Ich muss hier noch etwas Dringendes erledigen, bevor Ihr Fahrer heute Nachmittag kommt."

„Soll ich es dir nicht besser in Naira geben?", fragt er zurück. Ich bin dankbar, dass auch er mir vertraut und nicht nachfragt, wofür ich das Geld brauche. Dann öffnet er eine Metallkiste in seinem Schreibtisch und zählt ein paar große Naira-Scheine ab. „Hier!" Es sind über 36.000 Naira.

Alles ist so gut vorbereitet, wie es nur geht.

Bevor ich sein Büro verlasse, frage ich ihn noch: „Werde ich Sie noch mal wiedersehen?"

„Nicht hier, mein Junge!", sagt er und umarmt mich kurz und eher unbeholfen, bevor er mich ziehen lässt. „Guten Flug, David!"

„Danke, Doktor!", antworte ich und umarme ihn ebenfalls. Lange und fest. Er lässt es geschehen. Erst dann gehe ich zum Fahrstuhl, ohne mich noch mal umzudrehen.

Für den Rückweg nach Mushin lasse ich mir alle Zeit. Ich fühle nur immer wieder in der linken Tasche meines Gewandes nach meinem Handy und dem Stapel von Geldscheinen.

Nicht weit von unserem Supermarkt gibt es eine Art Warenhaus, das alle Arten von traditioneller *Dashiki*-Kleidung anbietet. Die Größen von Mister Olayinka und Obu kenne ich ungefähr. Ich nehme die beste Qualität, die ich bezahlen kann. Es bleibt sogar noch etwas übrig. Gerade genug, um noch in einen kleinen Elektroladen gleich um die Ecke zu gehen.

Zurück daheim gehe ich zuerst hoch in unsere Wohnung, damit sie meine Überraschung nicht sofort sehen. Ich lege das jeweils passende neue Hemd auf ihre Betten. Auf Odus Kopfkissen außerdem noch einen kleinen Lautsprecher für seinen alten Laptop, damit er ab jetzt auch die Geräusche bei seinen Killerspielen hören kann. Auch der vorhin dazu erworbene Adapter passt. Er wird nun sein Zimmer wieder für sich haben, und niemand kann sich dadurch gestört fühlen.

Als ich mich gerade an den Küchentisch setzen will, um Mister Olayinka und Odu noch einen Brief zu schreiben, kommt eine SMS auf meinem Handy rein.

Es ist der Fahrer von Dr. Aldemir: *Sorry, wir müssen etwas eher los. Ich stehe in der Seitenstraße neben eurem Supermarkt. Bitte keinen Abschied. Komm durch die Hintertür eures Wohnblocks und geh dann direkt auf einen schwarzen BMW an der Ecke zu. Jetzt sofort.*

Ich schließe die Wohnungstür von außen ab und schiebe den Schlüssel durch einen unteren Schlitz zurück in die Wohnung. Dann laufe ich die vier Treppen hinunter, denn der Fahrstuhl funktioniert schon seit Tagen wieder nicht.

Als ich durch den Hinterausgang unten auf die Straße trete, erkenne ich sofort den schwarzen Wagen. Er ist neu und glänzt - und fällt auf in dieser Gegend. Ich gehe direkt auf ihn zu und steige, ohne innezuhalten, auf der Beifahrerseite ein.

Der Fahrer ist jung und trägt Uniform, aber stellt sich nicht vor. Auch ich sage nichts. Ich schaue an meiner Seite starr aus dem Fenster. Er soll nicht sehen, dass ich heule.

# Istanbul, im Oktober

**David (aus Hamburg)**

Die dritte Mail von Dr. Aldemir kommt nicht ein oder zwei Wochen später, sondern bereits am nächsten Morgen, als ich gerade mein Fahrrad am Rand des Schulhofs anschließen will. Zu meinem Glück sind die Fahrradständer in der Nähe des Schulbüros, sodass ich deren eines WLAN, das nicht passwortgesichert ist, unbemerkt nutzen kann.

*Lieber David,*
*alles geht jetzt schneller, als ich selbst dachte.*

*Ich werde in Kürze einen neuen Pass für Dennis haben. Aber dann muss er auch umgehend weg von hier, denn diese Aktion ist nicht ohne Risiken und lässt sich nicht wiederholen.*

*Ein Bekannter bei Turkish Airlines hat den Flug geregelt. Demnach wird er am Mittwochabend hier abfliegen und Donnerstagfrüh gegen 6.30 Uhr auf dem Atatürk Flughafen in Istanbul landen.*

*Aus Sicherheitsgründen werde ich ihn erst am Vortag zuverlässig informieren können. Bitte sage auch du ihm jetzt noch nichts von diesem Plan.*

*Ich kann ab dann leider nichts mehr für ihn tun. Kannst du ihn abholen?*

*Ich bestätige dir noch, ob weiter alles gutgegangen ist und er wirklich im Flugzeug TA 626 sitzt.*

*Danke auch dir.*

*Viele Grüße, Deniz Aldemir*

Jetzt ist Montagmorgen. Bis Donnerstagfrüh sind es genau drei Tage und drei Nächte. Nicht gerade viel Zeit.

Ich google die Entfernung Hamburg – Istanbul. Luftlinie knapp zweitausend Kilometer. Landweg (ohne Umwege) über zweitausendfünfhundert Kilometer.

Einmal bin ich mit Michelle von Hamburg nach Norditalien im Auto gefahren, um eine unglückliche Liebe von ihr in Milan zu besuchen. Das war noch, bevor Marco auf der Welt war. Eigentlich todesmutig von Michelle, denn sie hatte gerade ihren Führerschein und nur den klapprigen VW von Leila geliehen. Aber wir kamen tatsächlich nach zwei Tagen und einer Übernachtung in Milan an. Nur dieser fürchterliche Gianni wollte meine liebestolle Schwester am Ende nicht mal sehen.

Woran ich mich aber noch genau erinnere: Wir brauchten für rund tausend Kilometer fast zwei Tage. Da sind zweieinhalbtausend Kilometer bis Istanbul niemals in drei Tagen zu schaffen, zumal ich erst ein Auto organisieren müsste. Einen Führerschein habe ich zwar seit kurz nach meinem achtzehnten Geburtstag, aber null Fahrpraxis.

Niemals werde ich Dennis jedoch in Istanbul hängen lassen. Aber wie dort hinkommen bis Donnerstagfrüh? Mit wenigstens dem Hauch einer Idee, wie von da auch wieder zurück nach Hamburg?

Während ich noch beim Fahrradständer am Grübeln bin, kommt leider unser Mathelehrer, Herr Semmelrogge, vorbei. Sonst geht er immer gleich vom Parkplatz direkt zum Lehrerzimmer. Nun aber hat er mich gesehen und deutet dramatisch mit dem Zeigefinger auf seine Armbanduhr. Dabei schaut er mich vorwurfsvoll an.

Gut, er hat recht, dass es nun schon kurz nach acht ist. Aber sein Drama wegen fünf Minuten Verspätung finde ich doch übertrieben. Jedenfalls unnötig angesichts eines echten Dramas, das sich derzeit zwischen Lagos, Istanbul und Hamburg abspielt. Ja, genau hier vor seiner Nase. Frau Schneider hätte ich vermutlich etwas zu erklären versucht.

Nicht bei Herrn Semmelrogge. Jetzt ist einfach keine Zeit zu verlieren. Ich schließe mein Fahrrad wieder los und kann nicht umhin, an ihm vorbeizuradeln, um zum Ausgang zu kommen. „David!", ruft er empört. „Heute beginnt deine Nachhilfe für die Abi-Prüfungen!"

Ich bin nicht empört, sondern antworte eher ruhig: „Ich weiß!"

Ab dann trete ich umso kräftiger in die Pedale. Herr Semmelrogge und ich werden wohl in diesem Leben keine Freunde mehr werden.

Während ich heimwärts strampele, gehe ich alle Optionen durch, wen ich am besten um Hilfe in der Not fragen könnte. Michelle kann mit dem kleinen Marco keinesfalls weg. Abdul arbeitet sich kaputt für einen Hungerlohn im Supermarkt, aber braucht das Geld auch selbst, um irgendwelche dummen Schulden von früher zu bezahlen. Hassan mit einem Taxi wäre natürlich ein Traum – aber sein Chef ist ein Ausbeuter und würde niemals ein Auto ausleihen, schon gar nicht für einen guten Zweck. Leila weiß viel über

Menschenrechte, aber muss nun vor allem selbst hart für ihre Kauffrau-Abschlussprüfung büffeln.

Zum Glück gibt es Martin in meinem Leben. Er hat zwar auch kein eigenes Auto, aber Chris hat eines. Kaum bin ich in der Wohnung, rufe ich Martin an, der inzwischen nicht schlecht verdient als gelernter Schaufenster-Dekorateur. Er mag zart und jünger aussehen. Aber er ist einfach bärenstark, wenn es darauf ankommt.

Gleich mehrere konkrete Vorschläge sprudeln aus ihm heraus: „Klar, frage ich Chris. Der gibt uns sicher sein Auto!"

„Uns?"

„Ja, denkst du etwa, ich lasse dich allein nach Istanbul fahren, David?"

Ich bekomme kaum ein Wort heraus. Was für ein Freund ... ein wahrer Freund!

„Wo bist du jetzt?", will er wissen, denn auch ihm ist klar, dass ich eigentlich in der Schule sein müsste. „Zu Hause?"

Schließlich wirft er seinen Arbeitsplan für den Tag einfach um und verspricht: „Ich muss noch ein Fenster hier fertig ausschmücken bis zur Mittagspause. Den Nachmittag sage ich ab. Das geht. Dann komme ich direkt zu dir. Schau du schon mal nach, was die beste Strecke ist von Hamburg nach Istanbul und was notfalls ein Flieger kostet ..."

Genau das mache ich, bis Martin drei Stunden später unten klingelt.

Irgendwann ist klar: Selbst wenn wir einen Rennwagen hätten, würden wir es nicht schaffen bis Donnerstagfrüh. Es gäbe drei oder gar vier Grenzen zu passieren, bevor wir über Bulgarien endlich in der Türkei wären. Mit unseren europäischen Pässen müsste das im Prinzip auch gelingen. Aber es könnte auch gut sein, dass wir einen Tag später ankämen.

Und was dann?

Wie und wo sollten wir Dennis in Istanbul treffen, wenn wir ihn erst einmal in der internationalen Ankunftshalle des Atatürk Flughafens verpasst hätten?

Und Dr. Aldemir bat uns ausdrücklich, nicht vor Mittwoch dazu mit Dennis Kontakt aufzunehmen.

Es ist wieder Martin, der eine überzeugende Idee hat: „Du musst doch einen Flieger von Hamburg nach Istanbul nehmen! Und zwar so rechtzeitig, dass du in jedem Fall bis Donnerstagfrüh dort bist.

Chris und ich kommen dann so schnell es geht mit dem Auto hinterher und holen euch ab. Was meinst du?"

Das ist es! Ich drücke Martin einen wilden Kuss auf den Mund und rufe begeistert: „So machen wir es!"

Martin wischt sich gespielt empört über die Lippen und entgegnet: „Bitte Zurückhaltung! Ich bin verheiratet! Also fast!"

Dabei fällt mir mit Sorge ein: „Hast du Chris überhaupt schon gefragt?"

„Nein", entgegnet Martin mit einem Selbstbewusstsein zum Umfallen. „Klar macht er mit. Wir beide sind ein Herz und eine Seele – und seit dem Mord an Said will er unbedingt etwas tun!"

Wie gut, dass ich in den Sommerferien so viele Extraschichten in unserem fürchterlichen Supermarkt übernommen hatte. Davon gibt es jetzt noch genug Spargeld, um mir einen Direktflug von Hamburg nach Istanbul für den Mittwochabend leisten zu können. Auch dieser geht mit Turkish Airlines und dauert etwas mehr als drei Stunden. Er startet von Hamburg Fuhlsbüttel um kurz nach 18 Uhr und ist um 23.15 Uhr Ortszeit Istanbul dort – mit zwei Stunden Zeitunterschied.

Ich komme dort also etwa um die gleiche Zeit an, zu der Dennis seinen Flieger in Lagos besteigt. Wenn alles gut geht. Und wenn nicht?

„Dann verbringen wir ein langes Wochenende in Istanbul, besuchen die berühmte Hagia Sofia[30] und laufen über die Bosporus Brücke[31]. Am Sonntag fährst du dann mit uns zurück nach Hamburg." Martin ist nicht schnell von unserem Plan abzubringen.

Tatsächlich ist auch Chris auf unserer Seite.

„Und hast du einfach freibekommen?", frage ich nach. Wobei mir auffällt, dass ich gar nicht weiß, womit er seine Brötchen verdient.

„Derzeit arbeite ich gar nicht", erklärt er ohne Scheu. „Meine Eltern sind früh gestorben und haben mir und meinem Bruder einiges hinterlassen."

„Danke, Chris!", sage ich leise. Ich wusste das echt nicht von seinen Eltern. „Es ist so nett, dass ihr das für Dennis und mich macht."

„Auch für uns …", antwortet er leise.

Er steigt noch mehr in meiner Achtung.

Um hoffentlich bis Donnerstagabend in Istanbul zu sein, starten Chris und Martin schon am nächsten Morgen. Ihr Wagen sieht zuverlässig aus: Ein roter Volvo, stabile schwedische Ausführung. Zuerst soll es Richtung Österreich gehen. Die weiteren Etappen wollen sie dann unterwegs festlegen. Wir bleiben in Dauerverbindung via *WhatsApp.*

Leila hat mir noch ein paar Hinweise zu Menschenrechten in der Türkei am Telefon gegeben: „Am besten spielt ihr Touristen. Bloß nichts Politisches, schon gar nicht irgendwo mit Menschenrechten argumentieren. Wenn ihr kurz vor einer deutschen Grenze seid, meldet euch wieder. Je nach Bundesland versuche ich dann, jemand zu euch zu schicken, der sich vor Ort gut auskennt ... nicht nur mit Grenzübergängen, sondern auch mit Erstaufnahmelagern und anderem."

Als ich am Mittwochmittag von Barmbek zum Flughafen aufbreche, sind Michelle und der kleine Marco noch aufgeregter als ich. „Bestimmt reden wir heute Abend im *mhc* nur über euch – und Istanbul!", meint sie.

Obwohl Frau Gonzales jetzt den Deutschkurs macht, ist sie an diesem besonderen Abend wieder zur Stelle, um auf Marco aufzupassen. Denn Michelle möchte sich unbedingt mit den anderen in der *Safe Space* Gruppe austauschen. Ich merke, dass sie irgendwie stolz auf mich ist. Auch wenn ich nun eventuell wegen Mathe nicht mein Abi schaffen sollte.

Ich bin schon in der U-Bahn, als die angekündigte SMS von Dr. Aldemir kommt:

*D. auf dem Weg zum Flughafen ... TA 626 bis jetzt ohne Verspätung.*

Meine Antwort an ihn: *Ich bin auch unterwegs ... soll noch vor Mitternacht in Istanbul sein.*

Umgehend gebe ich die hoffnungsvolle Nachricht durch an Martin und Chris.

Zehn Minuten später Nachricht von Martin: *Gut so! Wir hatten gestern eine Panne in Ungarn. Sind jetzt aber schon kurz vor Sofia. Und spätestens morgen Abend küssen wir dich und Dennis!*

Das Flugzeug startet auf die Minute pünktlich um 18.15 Uhr vom Hamburger Flughafen. Ich habe einen Sitz am Gang.

Neben mir ein altes türkisches Ehepaar. Sie sprechen anscheinend nur wenig Deutsch und schlafen bald ein.

**David (aus Kampala)**

Der Fahrer von Dr. Aldemir bleibt tatsächlich an meiner Seite, bis ich durch die letzte Glastür im Niemandsland zwischen Lagos und dem Flieger von Turkish Airlines bin. Was für eine andere Welt mit allen möglichen schicken Läden und Snackbars. Alles *duty free.* Zollfrei.

Habe ich es tatsächlich geschafft?

Als Erstes gehe ich zu einer nahen Herrentoilette mit meinem kleinen Rollkoffer als Handgepäck im Schlepptau. Ich betrete eine der modernen Kabinen und schieße sorgfältig hinter mir ab. Dann nehme ich aus dem Koffer alles, was ich brauche, um mich wie irgendeinen Jugendlichen der westlichen Welt aussehen zu lassen. Jeans, ein weißes T-Shirt, eine schwarze Unterhose, ebensolche Socken und die braunen schlichten Lederschuhe.

Ich streife meine *Fila*-Kappe vom Kopf und ziehe mein Yoruba-Gewand aus. Beides falte ich zusammen und lege es sorgfältig in den Koffer. Wie ein wildes Tier, das sich häutet, denke ich für einen Moment.

Dann öffne ich die Kabine und trete zu einem der metallglänzenden Waschbecken gegenüber. Als ich mein Gesicht im Spiegel betrachte, fühlt es sich an wie aus einem anderen Leben.

Erst jetzt schreibe ich Mama eine kurze Nachricht via *WhatsApp*. Ich bitte sie jedoch, nicht zu antworten, bevor ich mich am nächsten Tag wieder melden würde. Auch Dr. Aldemir sende ich nur wenige Worte zu Beruhigung, dass so weit alles gut ist. Ich kann sehen, dass er es empfangen und gelesen hat. Er antwortet jedoch nicht mehr, wie er es schon erklärt hatte.

Auf seine Bitte habe ich bisher auch nichts nach Hamburg gemeldet. Nun versuche ich zumindest eine kurze Nachricht an David: *Denke an dich, D.*

Sein *WhatsApp* ist ausgeschaltet.

Auch wenn der vor mir liegende Flug erst der zweite meines Lebens ist, fühle ich mich schon beinahe wie ein erfahrener Weltreisender. Dieses Mal habe ich einen Fensterplatz. Neben mir zwei junge Frauen mit Kopftuch, die mir einmal schüchtern zulächeln, aber sonst kein Wort sagen und sofort eigene Kopfhörer aufsetzen und beginnen, Filme anzusehen.

Ich kann mich auf keinen Film konzentrieren. Lange schaue ich durch das kleine runde Fenster hinaus in die Nacht. Als wir abheben, sind noch eine Weile die funkelnden und immer kleiner werdenden Lichter der Riesenstadt Lagos zu erkennen. Erst allmählich verschwinden sie an einem weiten Horizont. Umso klarer sind nun die Sterne und ein voller Mond zu sehen.

Wenn das nächste Mal die Sonne aufgeht, habe ich Afrika endgültig verlassen. Ich kann mir noch keine Vorstellung davon machen, wie es in Istanbul weitergehen soll.

### David aus Hamburg auf dem Flughafen in Istanbul

Es ist ein komisches Gefühl zuzuschauen, wie die meisten der anderen Passagiere nach der Landung sofort zielstrebig in verschiedene Richtungen laufen, nachdem wir durch die Passkontrolle sind.

Das alte Ehepaar, das neben mir im Flugzeug aus Hamburg saß und nicht mal aufwachte, als Snacks und Getränke serviert wurden, wird von einem Mann mit mehreren kleinen Kindern abgeholt. Alle umarmen sich glücklich, bevor sie ausgelassen zum Ausgang laufen. Vermutlich ihr Sohn mit Enkelkindern?

Um nicht gleich aufzufallen, bewege auch ich mich mit meinem kleinen Rucksack so, als hätte ich ein Ziel. Habe ich aber gar nicht.

Obwohl mir Michelle auch noch von ihrem Ersparten mitgegeben hat, will ich von den insgesamt gut sechshundert Euro nicht schon jetzt etwas ausgeben, um irgendwo in der Stadt ein Hotel für die Nacht zu nehmen. Wer weiß, wie viel wir noch brauchen für die lange Rückfahrt nach Hamburg.

So laufe ich erst noch eine Weile an den Läden vorbei, die sogar zu dieser späten Stunde noch geöffnet sind. In einem Laden erwerbe ich eine türkische SIM-Karte, die ich auch in Euro bezahlen kann. Nach einer Weile merke ich, dass ich nicht der Einzige bin, der offensichtlich die Nacht hier verbringen wird. Die meisten vermutlich, weil sie einen frühen Abflug haben und vielleicht von weit her kommen.

Auch ich komme von weit, aber warte dagegen auf einen ankommenden Flug. Zu meiner Freude ist der Flug TA 626 aus Lagos schon auf den großen Anzeigetafeln angekündigt. Dahinter bisher keine Angaben zu einer möglichen Verspätung.

Leider sind die meisten Bänke hier so gebaut, dass man sich nicht wirklich darauf ausstrecken kann. Nicht weit von mir haben ein paar Jungen in meinem Alter sich einfach bei einer Mauer auf den Boden gepackt, ihre Rucksäcke als Kopfkissen nutzend. Ein Mann in dunklem Anzug versucht dagegen, auf einem der harten Plastikstühle wegzudämmern.

Als auch ich mir gerade ein Quartier nicht weit von den Toiletten bauen will, kommen zwei uniformierte Sicherheitsmänner auf die Gruppe der schon halb schlafenden Jungen zu und kontrollieren offensichtlich deren Pässe. Danach scheuchen sie alle auf und zeigen auf die ungemütlichen Sitzbänke gegenüber. Murrend packen die Jungs ihre Klamotten zusammen und ziehen zu einer der Bänke, wo sie sich halb sitzend, halb hängend für den Rest der Nacht einrichten.

Auch mir bleibt nichts anderes übrig. Es ist kein richtiges Schlafen, zumal ich auch immer darauf achte, dass mein kleiner Rucksack gut eingeklemmt bleibt und ihn niemand klauen kann, falls ich doch tiefer wegsacken sollte. Gegen drei Uhr muss ich aufs Klo. Dann wieder um halb sechs.

Ab jetzt kann ich nicht mehr einschlafen. Noch eine Stunde. Dann landet Dennis. Werde ich ihn sofort erkennen, wenn er durch die automatischen Schiebetüren kommt?

Natürlich habe ich alle drei Fotos bei mir: Das aus der Dusche im Hotel in Kigali und die zwei bei seiner Retterfamilie in Lagos. Doch, ich müsste ihn erkennen, egal, wie er gekleidet ist.

Inzwischen öffnen die ersten Snackbars. Bei einer, die nicht so superteuer aussieht, hole ich mir einen Kaffee und ein Käsebrötchen. Ich kann in Euro bezahlen. Es ist doch superteuer – über zehn Euro!

Um kurz nach halb sieben blinkt ein Leuchtzeichen auf der Tafel hinter dem Flug TA 626 – *landed*.

Wahnsinn, Dennis ist in Istanbul.

Jetzt kann es nur noch um ein paar Minuten gehen …

### David aus Kampala auf dem Flughafen in Istanbul

Eben hat der Landeanflug auf Istanbul begonnen. Obwohl ich so früh noch nicht wirklich Hunger habe, lasse ich von dem bescheidenen Frühstück an Bord – ein Omelett mit Toastbrot und Orangensaft – keinen Krümel übrig. Niemand weiß, wann ich das nächste Mal würde essen können.

Draußen hat gerade die erste Morgendämmerung eingesetzt. Alle großen Scheinwerfer sind noch an und beleuchten die Landebahn vor uns.

Erst als wir alle ausgestiegen sind und in großen Bussen zu einem bestimmten Terminal gefahren werden, wird es Tag. Zwischen meine Beine habe ich den Rollkoffer geklemmt. In der rechten Hand halte ich meinen neuen falschen Pass sowie die Bordkarte.

Anders als in Lagos geht hier alles gut geregelt und ohne ewige Wartezeiten vor sich. An mehreren Schaltern sitzen türkische Grenzbeamte, um die ankommenden Passagiere zu kontrollieren. Nur noch drei Leute vor mir, da winkt mich der eher junge Beamte in meiner Reihe auch schon zu sich an den Schalter.

So selbstbewusst wie möglich reiche ich ihm meinen Pass und die Bordkarte.

Er schaut auf mein Foto, dann auf mich und fragt, nicht unfreundlich: „*You understand English?*"

„*Yes!*", nicke ich.

„*From Uganda?*"

Wieder nicke ich.

Er blättert eine Weile in meinem Pass herum und fragt dann: „Warum waren Sie in Lagos?"

Auf gut Glück antworte ich: „*Family.*"

Er scheint nicht zufrieden. „Wie lange wollen Sie in der Türkei bleiben?"

Jetzt mache ich meinen ersten Fehler. „Nicht lange. Ich möchte weiter nach Deutschland."

„Wo ist Ihr Visum für Europa, junger Mann?", bohrt er nach.

Inzwischen steht mir der Schweiß auf der Stirn. Ich setzte alles auf eine Karte.

„Ich werde an der Grenze abgeholt von deutschen Freunden. Die werden das für mich regeln. Bei denen kann ich wohnen."

Ich spüre, dass er mir kein Wort glaubt.

Er klappt meinen Pass wieder zu. Spricht kurz etwas in ein Mikrofon und sagt ernst zu mir: „Bitte treten Sie zur Seite. Ein Kollege kümmert sich gleich weiter um Sie."

Er sagt es immer noch höflich. Mein Herz jedoch klopft bis zum Hals.

Werde ich nun doch noch eingesperrt werden? Wird bei genauer Überprüfung herauskommen, dass mein Pass gefälscht ist? Und was dann?

Abschiebung nach Uganda? Dort Verhaftung wegen Passbetrugs – und Verführung eines anderen minderjährigen Jungen zu schwulem Sex?

Würde so Julians Vater doch noch seinen schrecklichen Willen durchsetzen?

Als ein anderer, etwas älterer Beamter auf mich zukommt, kann ich ein Zittern kaum verbergen. Wird er es nicht sofort als Zeichen meiner Schuld deuten?

Er nimmt mich jedoch nur am Arm, um mir den Weg zu einem Vernehmungsbüro ganz in der Nähe zu weisen. Keine Handschellen. Ich spüre, wie mir Schweiß nicht nur übers Gesicht, sondern jetzt auch den Rücken hinunterläuft.

Während wir durch die Halle gehen, merke ich, wie uns die meisten anderen Passagiere in der Schlange nachschauen. Bestimmt denken Sie: Wieder so ein illegaler Afrikaner, der es versucht hat.

In seinem Büro bekomme ich einen Stuhl angeboten. Der Uniformierte mir gegenüber holt jetzt ein Formular hervor und beginnt, Angaben aus meinem Pass zu notieren, den ihm der jüngere Kollege eben übergab.

Nach einer Weile schaut er auf und fragt: „Sie haben eine Anschrift in Deutschland?“

Eine vorsichtige Hoffnung keimt auf. Ich nicke.

„Wo genau?“

„In Hamburg“, erkläre ich.

„Okay“, sagt er ruhig. „Name, Adresse?“

Was nun? Ich weiß doch nur, dass er David heißt und noch zur Schule geht. Und mit seiner Schwester und seinem kleinen Neffen zusammenwohnt. Irgendwo in Hamburg, Deutschland.

„Er heißt David“, beginne ich. Und weiß nicht weiter.

Die Skepsis auf dem Gesicht meines Gegenübers ist unübersehbar.

„Und?“, fragt er erneut, hat aber schon seinen Stift zur Seite gelegt. Er glaubt mir kein Wort mehr. War wirklich alles umsonst?

Er wählt eine Nummer auf dem altertümlichen Telefon vor ihm. Vermutlich soll ich gleich abgeholt und zu irgendeiner Sicherheitsverwahrung gebracht werden.

Plötzlich schießt es mir durch den Kopf: „Darf ich meinen Freund in Hamburg anrufen? Er kann Ihnen dann alles sagen!“

Der Beamte zögert einen Moment, aber legt dann den Hörer noch mal zurück und nickt.

Nervös versuche ich, David über *WhatsApp* zu erreichen. Er müsste jetzt schon in der Schule sein.

Bitte, David, geh ran – bitte!

## David und David in Istanbul

David K. (K für Kampala): „Ich bin's, Dennis. Sorry, dass ich dich so früh störe. Kannst du mir bitte helfen?"

David H. (H für Hamburg): „Hallo, Dennis! Super, dich zu hören! Warum stören? Ich warte doch schon die ganze Nacht auf dich!"

David K.: „Was?"

David H.: „Ich bin schon gestern Abend in Istanbul angekommen … Kaum ein Auge zugemacht auf den elendig harten Stühlen hier am Flughafen."

David K.: „Wo bist du?"

David H.: „Vermutlich nur ein paar Meter von dir weg. Ich stehe in der Ankunftshalle und warte, dass du endlich rauskommst."

David K.: „Was?"

David H.: „Bist du noch dran, Dennis? Was ist denn los? Etwas nicht in Ordnung?"

David K.: …

David H.: „Was murmelst du? Ich verstehe kein Wort!"

David K.: …

David H.: „Dennis – was ist los?"

# Hamburg, irgendwann

**David aus Kampala im Kirchenasyl in Hamburg-Wandsbek**

Vielleicht, weil er auch ein Vater ist? Oder mich irgendwie mag und es dann doch überzeugend findet, dass ein deutscher Freund aus Hamburg extra nach Istanbul gekommen ist, um mich abzuholen? Ich werde es wohl nie erfahren.

Jedenfalls knallt er plötzlich einen Stempel in meinen Pass. Dann geht er mit mir gemeinsam durch die automatische Glassperre – und so sehe ich David zum ersten Mal in meinem Leben. Er ist fast einen Kopf größer als ich. Und sieht sogar noch besser aus als auf dem Schwimmbad-Foto.

Auch er erkennt mich sofort und strahlt mich an. Wie in einem guten Drehbuch ruft er so laut, dass es auch der Grenzbeamte neben mir hört: „Welcome, Dennis!"

Daraufhin reicht mir mein Bewacher meinen Pass zurück, klopft mir sogar auf die Schulter und meint: „Viel Glück in Deutschland!"

Gemeinsam gehen wir auf David zu. Auch David begreift, dass er mich jetzt nicht einfach umarmen kann. Zuerst muss er noch seinen Namen und seine Anschrift in das Formular eintragen. Sorgfältig vergleicht der Mann alle Angaben mit denen in Davids Pass, den er ebenfalls vorlegen muss.

Nun nickt er uns beiden zu: „Alles Gute!"

Dann wendet er sich ab und geht zu einem anderen Eingang, dessen Tür sich öffnet, als er eine kleine Plastikkarte gegen einen Scanner an der Wand daneben hält.

Kaum ist das Portal geschlossen, macht David einen Schritt auf mich zu und umarmt mich so fest, als würde ich gleich wieder abgeholt werden.

„Danke, danke, danke … David!", flüstere ich in sein Ohr.

„Ich bin so glücklich, Dennis!", flüstert er zurück.

Jetzt ist die Zeit, mein Versprechen einzulösen.

„David?"

„Ja?" Er schaut mich ernst an.

„Ich heiße nicht Dennis …"

„Stimmt … das ist ja nur für den Pass. Wie heißt du denn?"

„Wie du!"

„Was?“

„David!“

Es dauert etwa zwei Sekunden, bis es bei ihm ankommt. Dann lachen wir beide los, als gäbe es nichts Lustigeres auf der Welt.

Einige Menschen in der Nähe schauen irritiert zu uns. Hoffentlich denken sie nicht, dass wir auf Drogen sind.

„Komm!“, sagt David und nimmt meinen Rollkoffer. Er selbst hat nur einen kleinen Rucksack auf dem Rücken.

„Wohin gehen wir?“, frage ich neugierig.

„Keine Ahnung“, antwortet David. Und schon wieder lachen wir.

**David aus Hamburg zurück in Hamburg-Barmbek**

Sobald wir aus der Flughafenhalle draußen sind, *whatsappen* wir direkt an Martin und Chris: *Alles gut! Wir sind zusammen … und er heißt auch David!*

Fünf Minuten später Martin: *Hurraaaa … Chris wäre vor Freude beinahe gegen eine Leitplanke gefahren! Wir sind schon in der Türkei – am frühen Nachmittag wahrscheinlich in Istanbul. Wo können wir euch treffen?*

*Wissen wir auch noch nicht. Wir googeln uns jetzt erst mal was zum Frühstücken … und dann wieder an euch, wo wir am besten auf euch warten. David und David*

*So machen wir es. 100.000 Küsse, Martin und Chris*

Es stellt sich heraus, dass der damalige Atatürk Flughafen im europäischen Teil von Istanbul liegt und eigentlich wunderbar zentral[32]. Vorerst ist alles zu Fuß zu erreichen. In südlicher Richtung liegt das Marmarameer, wo wir an einer Promenade ein kleines Lokal finden. David besteht darauf, mit seinen Dollars zu bezahlen. Zum Glück sind die Preise hier nicht so übertrieben wie am Flughafen.

Das Lokal hat WLAN, und so senden wir erst mal beide jede Menge *WhatsApp*-Nachrichten nach Kampala und Hamburg.

David natürlich zuerst an seine Mutter und seine Freunde daheim, die schon Wochen nichts mehr von ihm gehört haben. Zum ersten Mal höre ich von Betty, Pepe sowie Anne und ihrer Freundin. Von Isaac und Julian erfahre ich erst viel später.

Meine Nachrichten gehen zuerst an Michelle und Marco, dann an Hassan, Abdul und Leila. Igor hat immer noch kein *WhatsApp*.

Zuerst kommt eine Antwort von Hassan, die ich erst beim zweiten Lesen verstehe: *„O komm mein Herz … wir flüchten uns zu unserem Gott.“ Von Hafis – weißt du noch, David?*

Dann Michelle, deutlich weniger philosophisch: *Habt ihr auch genug Geld? Bis Hamburg kostet es jede Menge Benzin! Bitte kommt schnell. Küsse, M+M*

Zwischendurch schauen wir von unseren Handys auf und uns an. Es gibt ihn wirklich. Er sieht gut aus. Seine Lippen und Augen sind in Wirklichkeit noch toller als auf dem ersten Foto. Was mag er alles hinter sich haben?

Noch habe ich ihn nicht nach der Narbe an seinem Hinterkopf gefragt. Sie ist deutlich zu erkennen, aber offenbar gut verheilt. Wie viele unsichtbare Narben mögen auf seiner Seele sein?

David, David, David. Ich muss mich noch an seinen wahren Namen gewöhnen. Aber ich finde es schön. Der gleiche Name. Kann nur ein gutes Zeichen sein.

Von dem Lokal ist es nicht weit zu einem wunderschön bewaldeten Park, von dem man über das Meer sehen kann und doch geschützt ist durch die hohen Bäume. Obwohl es nun schon Anfang Oktober ist, scheint heute noch mal angenehm warm die Sonne. Hier wollen wir auf Martin und Chris warten.

*Wie heißt der Park genau?*, will Martin via *WhatsApp* wissen.

*Floriya Atatürk Park. Wir warten beim ersten Eingang an der Yalilik Yolu Straße. Kannst du es in euer GPS eingeben?*

Einen Moment später: *Gefunden, Jungs! Angeblich sind wir in zwei Stunden und 48 Minuten dort.*

Es sind dann doch fast vier Stunden, die die beiden brauchen, bis wir den roten Volvo ankommen sehen. Da es hier schwierig ist mit Parken, hält Chris nur kurz und schaltet die Alarmblinker ein, bis wir Davids Gepäck und meinen Rucksack hinten im Kofferraum verstaut haben. Dann springen wir auf die Rückbank, und Chris gibt schon wieder Gas.

„Willkommen, David!“, ruft Martin und schaut froh zu uns beiden.

„Das ist Martin!“, stelle ich ihn vor.

„Und das mein Mann Chris!“, nickt Martin.

„Wow!“, ruft David. Dann wieder: „Wow!“ Wir sind nicht sicher, ob er damit seine Freude über die beiden ausdrückt und dass sie einander einfach als Paar ausgeben – oder dass wir uns nun überhaupt alle gefunden haben.

„Wohin fahren wir von hier?“, fragt er dann Chris, der deutlich der Kapitän auf diesem Dampfer ist.

„Nach Hamburg“, antwortet Chris ernst.

„Wirklich?“, bohrt David zweifelnd nach.

„Na klar!“, rufen Martin und Chris gleichzeitig … dann drehen sie den Lautsprecher im Wagen auf Hochtouren.

„Das kenne ich!“, schreit David begeistert nach den ersten Takten.

Es ist Gloria Gaynor. Zu viert brüllen wir „I will survive!“ im Auto, bis wir den Stadtrand von Istanbul erreicht haben.

### David aus Kampala im Kirchenasyl in Hamburg-Wandsbek

Für die Rückfahrt nach Hamburg brauchten wir viel mehr Zeit, als Martin und Chris für die Hinfahrt. Aber trotzdem ging es überwiegend gut.

Ungarn haben wir auf Anraten von Leila lieber südlich umfahren, da sie uns gewarnt hatte, dass Menschen mit afrikanischem Pass dort grundsätzlich an der Grenze abgewiesen werden würden. Bei zwei Übergängen haben wir alles auf eine Karte gesetzt, und ich versteckte mich lieber im Kofferraum. Danach hatte ich zwar alles vollgekotzt, aber sonst war es gut gegangen.

Erst ein paar Monate nach uns wurde diese Strecke als Teil der sogenannten Balkan-Flüchtlingsroute berüchtigt. Ab dann konnte es auch Kontrollen überall unterwegs geben. Das passierte bei uns nur einmal und kostete mich alle restlichen Dollars, die ich noch von Dr. Aldemir hatte. Überhaupt hätten wir es ohne die Kreditkarte von Chris niemals geschafft.

Mehr kann ich hier leider nicht verraten. Auch nicht, wie wir schließlich über die Grenze zwischen Österreich und Deutschland gelangten. Nur so wurde es möglich, dass ich meinen Erst-Asylantrag tatsächlich in Hamburg stellen konnte. Mit Hilfe von Leila und einem freundlichen Anwalt der Hamburger Flüchtlingshilfe, der all dies ehrenamtlich tut. Er bemüht sich derzeit um einen provisorischen Ausweis für mich – mit meinem richtigen Namen: David Kutala.

Eigentlich hätte ich auch in einem Lager mit anderen Flüchtlingen bleiben müssen. Aber das fand David unmöglich.

„Nicht nach allem, was du schon hinter dir hast!“, beharrte er.

Meine ersten Hamburger Nächte verbrachte ich bei ihm, seiner Schwester Michelle und dem kleinen Marco.

Ja, in seinem Zimmer, wie ich es mir so viele Wochen vorher erträumt hatte. Also ganz ehrlich: In seinem Bett.

Es war noch besser als in meinen Träumen. David und David.

Auf Anraten des Anwalts zog ich dann aber doch erst mal dort wieder aus, da es eben gegen alle Regeln war – und ich bei einer Razzia in große Probleme hätte kommen können.

Ich lebe jetzt in den ehemaligen Büroräumen einer Kirche in Hamburg-Wandsbek. Kirchen-Asyl heißt das hier. Bisher hat sich die Polizei rausgehalten.

Ab und zu gehe ich für eine Nacht heimlich zu David, Michelle und Marco.

Eine Nacht. Mit David.

Auch Frau Gonzales kennt mich inzwischen, aber hält dicht. Sie nennt mich *Chico, un buen chico.* Ein guter Junge.

Natürlich habe ich immer wieder auch Heimweh nach Uganda. Am meisten nach Mama. Aber es ist weiter gefährlich da – für mich und meine Freunde: Pepe lebt noch immer im Versteck. Und Julian ist seit damals nie wieder aufgetaucht in Kampala. Mama beharrt darauf, dass ich sie einmal nachholen werde – nach Hamburg, irgendwann.

Nachmittags lerne ich in der Kirche hier Deutsch. Am liebsten würde ich einmal Krankenpfleger werden. Wie Mama. Die werden hier dringend gebraucht, hat der Hamburger Pastor gesagt.

Wenn ich mich erst frei bewegen kann, werde ich mit den anderen auch zur *Safe Space* Gruppe ins *mhc* gehen. Und als ehrenamtlicher Dolmetscher bei der Flüchtlingshilfe mitmachen. *Luganga* sprechen hier sonst nicht viele.

Sein Abi wird David vermutlich nicht schaffen, wegen Mathe. Aber er hat doch noch mit Nachhilfe begonnen. Wer weiß.

Seit ein paar Tagen redet David davon, dass ich mit ihm zusammenziehen sollte in Barmbek, weil seine Schwester vermutlich eine Stelle in München annehmen wird.

Nach einem Moment Zögern zieht er mich ganz dicht zu sich und sagt ernst: „… und weil ich dich liebe!"

Ich schaue ihn nur an, aber bringe kein Wort heraus. Obwohl mein Herz so sehr für ihn klopft.

Irgendwann werde ich es ihm sagen können.

# Fluchtroute von David

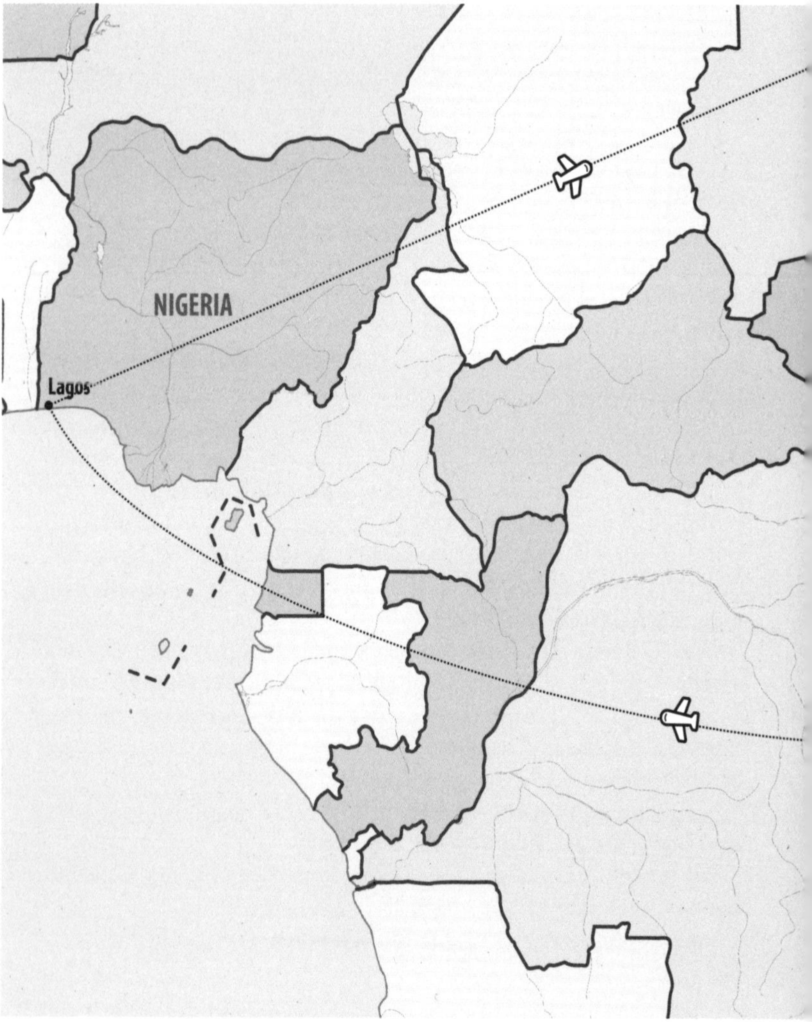

# Kampala – Kabale – Lagos – Istanbul – Hamburg

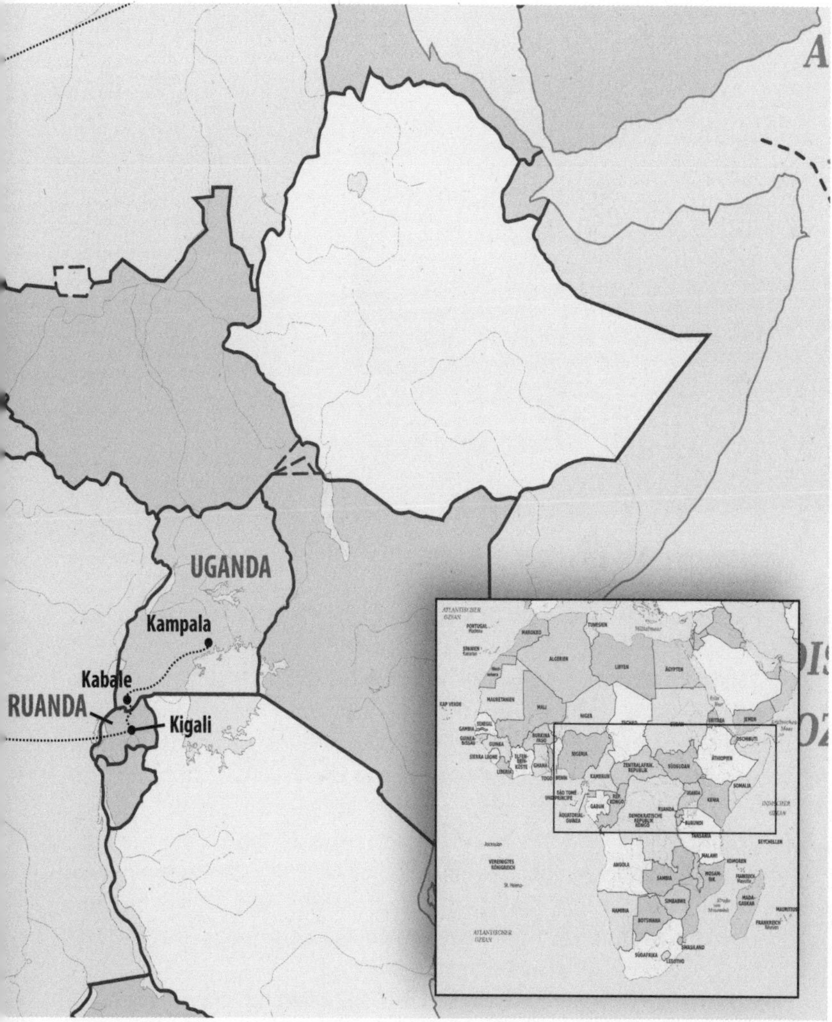

# Das mutige Leben von David Kato (1964 - 2011)

*David Kato (46) zeigt im Oktober 2010 die Zeitung, in der die Bevölkerung aufgerufen wird: „100 Fotos von Ugandas Top-Homos – Hängt sie auf!" Sein Foto ist eines der beiden auf der Vorderseite.*[33]

David kommt in einer ländlichen Gegend Ugandas gemeinsam mit seinem Zwillingsbruder John am 13. Februar 1964 zur Welt. Nach der Oberschule absolviert er ein Lehrerstudium. Er unterrichtet an verschiedenen Schulen, zuletzt an einer Berufsschule in Njeru, wo er sich 1991 öffentlich zu seiner Homosexualität bekennt und umgehend entlassen wird. Es gelingt ihm, mit 27 Jahren eine Anstellung als Lehrer in Johannesburg, Südafrika, zu bekommen, wo er bis 1998 bleibt und miterlebt, wie dort 1996 eine Verfassung geschaffen wird, in der steht, dass „niemand aufgrund seiner sexuellen Orientierung benachteiligt werden darf".

Zurück in Uganda, entscheidet er sich, während einer Pressekonferenz offenzulegen, dass er schwul ist. Das hat es noch nie zuvor in Uganda gegeben. Er wird umgehend verhaftet, aber nach einer Woche wieder freigelassen. Noch einmal arbeitet er als Lehrer von 2002 bis 2010.

Im März 2004 gründet er mit anderen Aktivisten die landesweite Organisation „Sexuelle Minderheiten Ugandas" (*Sexual Minorities Uganda – SMUG*) als Zusammenschluss 18 verschiedener regionaler Gruppen. Als im Parlament ab 2009 das Gesetz zur Einführung der Todesstrafe für Homosexuelle beraten wird, gibt er seine Anstellung als Lehrer auf und arbeitet mit voller Kraft für *SMUG* in Kampala. In dieser Zeit erhält er ein Stipendium des Menschenrechtszentrums der englischen Universität York. Erneut kehrt David, der inzwischen öfter ins Ausland eingeladen wird, zurück nach Uganda.

Als am 9. Oktober 2010 sein Foto mit Namen auf der Vorderseite der Zeitung „Rolling Stone" unter der Überschrift „100 Fotos von Ugandas Top-Homos – Hängt sie auf!" erscheint, reagiert er nicht mit Panik wie viele andere, sondern erstattet mit zwei anderen *SMUG*-Mitgliedern Anzeige gegen die Zeitung, um die weitere Veröffentlichung von Fotos, Namen und selbst Anschriften von der Homosexualität verdächtigter Personen zu unterbinden. Am 3. Januar 2011, drei Jahre bevor das neue Gesetz gegen Homosexuelle beschlossen wird, verurteilt ein Richter die Zeitung wegen Anstiftung zur Gewalt zur Zahlung von umgerechnet je 600 US-Dollar an David Kato und seine beiden Mitstreiter.

Gut drei Wochen später, am 26. Januar 2011, kommt gegen 14 Uhr ein Mann zum bescheidenen Haus von David Kato in Bukusa, in dem er allein wohnt, und verletzt ihn mit mehreren Hammerschlägen schwer am Kopf. David Kato stirbt noch auf dem Weg ins Krankenhaus.

Ein Aufschrei geht um die Welt: Der damalige US-Präsident Barack Obama spricht von David Kato als einem „starken Anwalt für Fairness und Freiheit: David zeigte enormen Mut, indem er sich deutlich gegen den Hass äußerte." Die örtliche Polizei leugnet zunächst jeden homophoben Zusammenhang und vermutet, dass es sich um einen „Raubmord" gehandelt habe.

Am 2. Februar 2011 wird schließlich Nsubuga Enoch (*1989) verhaftet, der die Tat zugibt, jedoch behauptet, dass er David schon länger gekannt habe und es sich um einen Streit aufgrund der verweigerten Bezahlung für sexuelle Dienste gehandelt habe. Nsubuga Enoch wird am 10. November 2011 zu 30 Jahren Haft mit Zwangsarbeit verurteilt. Als Motiv ließ der Richter allein „Raub" gelten.

Bei Davids Beerdigung in seinem Geburtsort Nakawala am 26. Januar 2011 kommt es zu einem Eklat, als der Pfarrer von den „vielen Sünden in Davids Leben“ spricht und Vergleiche zu „Sodom und Gomorrha“ anstellt. Mehrere Freunde und Familienmitglieder, aber auch angereiste Aktivisten, jagen den Pfarrer davon und bitten den ebenfalls anwesenden anglikanischen Bischof, Christopher Senyonjo, die Trauerfeier in Achtung vor David abzuhalten.

Eine Nachbarin aus Nakawala sagt später zu einem Journalisten: „Ja, er war anders als die meisten in unserem Dorf. Er hatte keine eigenen Kinder, aber er bezahlte zum Beispiel das Schulgeld für viele arme Kinder bei uns. In der eigenen Familie war er der, der das Geld verdiente, nicht nur für seine Mutter und Schwester. Er konnte niemanden leiden sehen. So war er.“

# In Erinnerung an Brian Wasswa

Kurz vor Abschluss am Manuskript dieses Buches erfuhr ich vom Mord am 28jährigen Brian Wasswa, (28.11.1991 – 5. Oktober 2019), der von mehreren Männern aus seinem Dorf mit Hacken erschlagen wurde.

Dieses Dorf liegt im Jinja Distrikt im Osten Ugandas an der Nordküste des Viktoria-Sees.

Brian wurde von seinen Eltern und seiner Familie verjagt und enteignet, nachdem er ihnen gesagt hatte, dass er schwul sei.

Er war damals 17 Jahre alt.

Zuletzt war er Freiwilliger bei der Stiftung *Kinder der Sonne* (*Children of the Sun Foundation*), die sich in Uganda für LGBTIQ-Jugendliche engagiert sowie für Mädchen und Jungen, die aus Armut ihre Körper für Sex verkaufen.

Brian war ein mutiger junger Mann, der gleichwohl selbst Konflikten aus dem Weg ging, wo immer möglich.

Wir werden dich niemals vergessen, Brian!

Brian Wasswa (1991–2019)

# Verfolgung sexueller Minderheiten in Uganda – und anderswo

In Uganda[34] sind es vor allem fundamentalistische christliche Kirchen, oft finanziell unterstützt von evangelikalen Gemeinden aus den USA, die gegen sexuelle Minderheiten hetzen: „Homos" würden Kinder „rekrutieren", und es wird so getan, als wäre sexuelle Orientierung etwas, für das man sich frei entscheiden würde und das man aus eigenem Willen und mit dem richtigen Glauben auch wieder ablegen könnte.

Welche Menschen, die den heterosexuellen Mehrheiten angehören, haben sich jemals für ihre Orientierung entschieden oder könnten sie gar durch eine Willensentscheidung verändern?

Schließlich: Wer würde sich schon frei entscheiden, zu einer benachteiligten Minderheit gehören zu wollen? Es ist keine freie Wahl. Wir sind so geboren.

Hinzu kommt, dass die Angehörigen anderer Minderheiten zumeist die Familie als Rückendeckung und Schutz haben, die oft der gleichen sprachlichen, religiösen oder kulturellen Minderheit angehört. Diskriminierung kann zumindest gemeinsam getragen werden. Jugendliche, die sich im Laufe ihrer Pubertät klar darüber werden, dass sie anders sind als die meisten Gleichaltrigen, haben oft eine einsame Zeit zu bewältigen. Bis sie endlich andere treffen, die ähnlich empfinden wie sie. Die sie verstehen, so wie sie sind.

In Ugandas nördlichen Nachbarländern Südsudan und Sudan gilt nach islamischem Recht die Todesstrafe für Homosexuelle. Da ist es nicht Gott, sondern Allah, dem zugeschrieben wird, dass es rechtens ist, „Homos" zu steinigen oder aufzuhängen. Insgesamt gibt es die Todesstrafe weltweit in 13 Ländern[35]. In mehr als 70 Ländern existieren schwere, zum Teil lebenslängliche Haftstrafen für Homosexuelle. In der Mehrheit aller Länder der Welt werden sexuelle Minderheiten benachteiligt und ausgegrenzt, oft auch gewalttätig verfolgt, ohne dass dafür Gesetze gelten. Selbst die Polizei, die die Bürger eines Landes schützen sollte, beteiligt sich nicht selten an Übergriffen auf sexuelle Minderheiten.

Als am Ende des Zweiten Weltkriegs die Überlebenden der deutschen Konzentrationslager endlich befreit wurden und „Nie wieder!“ rufen konnten, galt dies für homosexuelle Häftlinge nicht. Sie mussten sich weiter verstecken. Selbst im Land der Täter, in Deutschland, galt der in der Nazizeit verschärfte §175 gegen homosexuelle Männer bis 1969 unverändert. In der Gedenkstätte des ehemaligen Konzentrationslagers Auschwitz, das international fraglos als das Symbol für die Vernichtungspolitik der Nazis gilt, erinnert bis heute nichts an die dort umgekommenen Häftlinge mit dem Rosa Winkel. Warum? Weil im streng katholischen Polen, derzeit noch verstärkt durch eine rechtsnationale Regierung, mehrheitlich kein Interesse an einer Anerkennung dieses historischen Unrechts besteht.

Auch wenn es heute in fast allen Gedenkstätten an die Zeit des Nationalsozialismus in Deutschland und Österreich Gedenktafeln für homosexuelle Opfer gibt, so hat es bis heute keine Zustimmung im deutschen Bundestag gegeben, um in der jährlichen Gedenkstunde für die Opfer der NS-Zeit am 27. Januar (dem Tag der Befreiung von Auschwitz) auch einmal thematisch an die Leiden sexueller Minderheiten zu erinnern.

Aber wie die Freundinnen und Freunde in Uganda sagen: „Es geht weiter. Es gibt uns.“

Und auch das gilt in der modernen Geschichte der Menschheit: Zwei Staatsoberhäupter schafften es bisher, sich für die Verbrechen an sexuellen Minderheiten, die in ihren Ländern geschehen waren, zu entschuldigen – im November 2017 war es der kanadische Premierminister Justin Trudeau und im Juni 2018 der deutsche Bundespräsident Frank-Walter Steinmeier.

Und immerhin drei afrikanische Länder beendeten die Strafverfolgung Homosexueller in den letzten Jahren: Mosambik (2016), Angola und Botswana (2019).

Ein Anfang.
Es geht weiter. Es gibt uns.
Es wird uns immer geben.

# Mach mit!

Organisationen, die sich weltweit für LGBTIQ-Rechte engagieren

**All out international – Deutschland**
*www.allout.org/de*

**Peter Tatchell Foundation – London**
*www.petertatchellfoundation.org*

**Queeramnesty bei Amnesty International**
*www.queeramnesty.de*

# Danksagung

Zuerst danke ich all jenen LGBTIQ-Verfolgten und Flüchtlingen überall auf der Welt, die den Mut haben, für ihre Menschenrechte einzustehen. Hier im Besonderen denjenigen, die einen Teil ihrer Geschichte mit mir teilten.

Alle Personen und Handlungen in diesem Roman sind frei erfunden, jedoch inspiriert durch David Kato (1964 – 2011) und jene Gefährt*innen, die sein Engagement heute weiter fortsetzen. Einige kommen in dem Dokumentarfilm „Call me Kuchu“ (USA 2012) zu Wort: Noame Ruzindana, Stosh Mugisha, Longjones Wambere und Bischof Christopher Senyonjo. Ihnen allen sowie dem heutigen Direktor von *SMUG* (*Sexual Minorities Uganda*), Dr. Frank Mugisha, gebührt große Anerkennung.

Besonderer Dank für Rat, Kritik und wichtige Informationen geht an Peter Tatchell (Peter Tatchell Foundation London), Naana Lorbeer und Stephan Cooper (queeramnesty Berlin) sowie Ilona Bubeck und Jim Baker (Querverlag Berlin). Für privaten Zugang zu dem Film „Call me Kuchu“ (2012) danke ich Carsten Zimmer vom Arsenal – Institut für Film und Videokunst (Berlin).

Nicht vergessen werden soll der Freund Richard „Hady“ Lippert (1940–2018) aus Hamburg, der in Deutschland jung war, als Schwule auch hier noch verhaftet wurden – und später immer den Mund aufmachte, wenn es um die Rechte von Minderheiten ging. „Aller Minderheiten!“, wie er oft betonte.

Wie immer auch Dank an meinen Mann Perry Tsang fürs kritische Mitlesen, aber vor allem für unser gemeinsames Leben mit unseren Kindern seit mehr als zwanzig Jahren in Amsterdam und Kapstadt.

## Weitere Informationen

2 Idi Amin (1928–2003), ursprünglich demokratisch gewählter Regierungschef von Uganda, dann aber sich zum „Präsident auf Lebenszeit" ernennender Diktator. Während seiner Jahre an der Macht von 1971–1979 verjagte er alle indischstämmigen Bewohner Ugandas und ermordete mindestens 300.000 seiner politischen Gegner.

3 LGBTIQ – die Buchstaben stehen für verschiedene sexuelle Orientierungen und deren englische Bezeichnungen: Lesbisch, Gay (für schwul), bisexuell, transsexuell, intersex und queer. Nichts ist vollkommen oder komplett, alles in vielfältiger Entwicklung. Für die gegenwärtigen Bedeutungen am besten googeln.

4 Magnus Hirschfeld (1868 - 1935), ein jüdischer Arzt, der sich sein Leben lang einsetzte für die Rechte sexueller Minderheiten in Deutschland. So stritt er gegen den §175 und gründete weltweit das erste „Institut für Sexualwissenschaft" in Berlin. Im Mai 1933 wurde das Institut von den Nazis zerstört. Dr. Hirschfeld starb 1935 im Exil in Frankreich.

5 Die *Safe Space* Gruppe für LGBTIQ Flüchtlinge heißt wirklich so im Hamburger Magnus Hirschfeld Centrum. Für diese Geschichte erhielt ich die Erlaubnis, den Namen der Gruppe zu benutzen. Alle Namen von Personen und auch alle geschilderten Ereignisse sind jedoch so verändert, dass sie keine Wirklichkeit erkennen lassen.

6 *Kuchu* – ein Wort, das aus dem Swahili (oder: Suaheli) stammt, einer afrikanischen Sprache, die in Ostafrika in mehreren Ländern von über 80 Millionen Menschen gesprochen wird. Ein Swahili Wort kennt jeder: Safari. *Kuchu* bedeutet so viel wie: Gutaussehend, attraktiv, wunderbar. Die LGBTIQ-Community in Uganda, aber auch einigen Nachbarländern, hat es als positive Selbstbezeichnung übernommen und sagt: Wir sind *kuchu*.

7 Martin Ssempa (*1968) ist Gründer der Makerere Community Church, deren Hauptziel es ist, „Sodomiten auszurotten" in Uganda. Er verbreitet vor allem die Propaganda, dass Lesben und Schwule „unschuldige Kinder rekrutieren, damit sie ebenfalls lesbisch und schwul werden". Er bezeichnet sich selbst als „Doktor", obwohl er niemals Medizin studiert hat. Den Auftrag, „Sodomiten zu heilen", hat er angeblich direkt von Gott erhalten. Er ist regelmäßiger Gast im ugandischen Fernsehen. Dem früheren US-Präsidenten Barack Obama wirft er vor, die Unterstützung von Schwulen weltweit zur Hauptaufgabe seiner Politik gemacht zu haben. Alle Zitate sind wörtlich aus Presse-Artikeln übernommen.

8 Data – hier wird durchgehend dieser Begriff verwendet, da in vielen Ländern Afrikas Datenvolumen (data) getrennt von einem Gesprächsguthaben (airtime) gekauft werden kann, um ins Internet zu kommen.

9 Yoweri Museveni (*1944), Präsident von Uganda seit 1986. Während der Zeit des ugandischen Diktators Idi Amin lebte er 1971–1980 im Exil in Tansania. Wenig später gründete er eine Widerstandsarmee gegen die Nachfolgeregierung von Amin und konnte Anfang 1986 schließlich auch die Hauptstadt Kampala erobern. Jahrzehntelang ließ er sich durch Scheinwahlen im Amt bestätigen.

Erst in jüngster Zeit gibt es vorsichtige Ansätze, auch andere Parteien zuzulassen. Für den Einsatz tausender Kindersoldaten in seiner damaligen Widerstandsarmee musste er sich bis heute vor keinem Gericht verantworten.

10 Hafis (ca. 1315–1390 in Schiras) ist einer der berühmtesten Dichter Persiens, dem heutigen Iran. Sein Name ist eine Ehrenbezeichnung, die so viel bedeutet wie *derjenige, der den Koran auswendig kennt*. Seine Poetik inspirierte Generationen nach ihm in aller Welt. Goethe nannte ihn fünfhundert Jahre später sein Vorbild mit dem „guten Herzen", der ihn zu seinem Werk „West-östlicher Divan" anregte (Weimar 1814–1819).

11 Mehrere internationale Presseagenturen meldeten, dass am 10. Januar 2019 in der iranischen Stadt Kazerun ein homosexueller 31jähriger Mann öffentlich gehängt worden sei. Der Name des Mannes war nicht bekannt, auch gab es verschiedene Informationen zu seiner Verurteilung. Einige sprachen davon, dass er Sex mit zwei 15jährigen Jungen gehabt habe, andere von der Vergewaltigung eines jüngeren Mannes. Seit der islamischen „Revolution" von 1979 sollen nach Aussagen verschiedener internationaler Organisationen im Iran wegen mit Homosexualität in Verbindung stehender Taten etwa 6000 Menschen, meist Männer, aber auch Frauen (die sich zum Beispiel einer Zwangsheirat entziehen wollten), hingerichtet worden sein.

12 SMUG – Abkürzung für „Sexual Minorities Uganda" (Sexuelle Minderheiten Ugandas), im Jahr 2004 gegründet von David Kato und anderen, insgesamt ein Zusammenschluss von damals 18 Regionalgruppen aus ganz Uganda. Mehr auch unter: www.sexualminoritiesuganda.com

13 Die ugandische Wochenzeitung *Rolling Stone* hat es sich zur Aufgabe gemacht, die Bevölkerung zum Mord an homosexuellen Frauen und Männern aufzufordern. Am 9. Oktober 2010 war unter der Überschrift „*Ugandas Top Homos: Hängt sie auf!*" auch ein Foto von David Kato veröffentlicht. Als es zu einem Selbstmord-Attentat der somalischen Terrororganisation *al-Shabaab* in Kampala im selben Jahr kam, bei der 74 Fußballfans umkamen, machte die Hetz-Zeitung eine Gruppe angeblich „homosexueller Generäle" dafür verantwortlich. Der Zusammenhang war hundertprozentig erlogen, aber blieb doch bei einigen Teilen der Bevölkerung hängen.

14 Nach Angaben der UNO wurden 2018 im Mittelmeer 2262 Leichen ertrunkener Flüchtlinge, ganz überwiegend aus Nordafrika, registriert. Die Dunkelziffer derjenigen, die unbemerkt ertrunken sind, ist wesentlich höher.

15 Prinzessin Leila Pahlavi (1970–2001) war die jüngste Tochter des letzten Schahs (Königs) von Persien, Mohammad Reza Pahlavi (1919–1980), der im Zuge der islamischen „Revolution" 1979 gestürzt wurde und das Land verlassen musste. Seine Tochter Leila tötete sich 2001 in einem Pariser Hotel mit einer Überdosis Schlaftabletten.

16 Bereits im Osmanischen Reich wurden 1858 gleichgeschlechtliche Beziehungen legalisiert. Dies wurde vom modernen Staat Türkei ab 1923 im Prinzip übernommen. Trotzdem gibt es in der heute wieder zunehmend konservativen Türkei viele Benachteiligungen, Diskriminierungen und Anfeindungen, auch Gewalt, gegen sexuelle Minderheiten.

17 Dr. h.c. Frank Mugisha (*1979), nationaler Direktor von *SMUG* (Sexual Minorities Uganda) in Kampala, bereits mehrfach verhaftet für sein Engagement. 2011 erhielt er den Robert F. Kennedy-Menschenrechtspreis und 2013 einen Ehrendoktor der Universität Gent/Belgien. Der Frank in diesem Roman ist dem echten Frank Mugisha nachempfunden. Zitate sind sinngemäß, aber nicht wörtlich übernommen worden.

18 Simon Lokoda (*1959) ist seit 2011 Staatminister für Ethik und Integrität in Uganda. In jüngster Zeit verlor er jedoch erstmals an Zustimmung und wurde sogar vom Innenminister Jeje Odongo (*1954) zurückbeordert, nachdem er das unter jungen Leuten sehr beliebte jährliche *Nyege Nyege* Musikfestival im September 2018 hatte verbieten lassen. Auch hier sprach er davon, dass „der Teufel seine Hand in Spiel gehabt" habe. Alle Zitate sind wörtlich von ihm aus verschiedenen Presseartikeln übernommen.

19 Nachdem es schon Jahre zuvor aufhetzende Propaganda der regierenden Hutus gegen die Volksgruppe der Tutsis gegeben hatte, explodierte das Pulverfass am 6. April 1994 nach einem Attentat auf den regierenden Diktator Juvénal Habyarimana (1937–1994): Innerhalb von 100 Tagen werden über 800.000 Kinder, Frauen und Männer, überwiegend Tutsis, erschlagen, erstochen und verbrannt. Ein Völkermord, der erst zu einem Ende kommt, als die Tutsi-Partisanenarmee unter Paul Kagame (*1957) das Land unter seine Kontrolle bringt. Er ist bis heute Präsident Ruandas. Es gibt seitdem viele Bemühungen, den früheren Hass zu überwinden.

20 Rebecca Kadaga (*1956), Anwältin, ugandische Parlamentspräsidentin seit 2011, wiedergewählt 2016. Sie ist die erste Frau in der Geschichte Ugandas in dieser hohen Position. Im Dezember 2012 sprach sie sich für den Gesetzentwurf aus, der die Todesstrafe für Homosexuelle vorsah, weil es das sei, was „sich eine klare Mehrheit in Uganda wünschen" würde.

21 Zehntausend Ruanda Francs sind weniger als zehn Euro.

22 Günter Wallraff (*1942) wuchs in einer Arbeiterfamilie auf. Sein Vater, der als Lackierer bei den Ford-Autowerken in Köln arbeitete, starb an den Folgen schädlicher Farbdämpfe, als er 16 war. Der Junge kam danach in ein Waisenhaus. Sein Leben lang engagierte er sich für Menschenrechte in Deutschland und aller Welt, vor allem durch seine Sozialreportagen, aber auch durch konkrete politische Aktionen.

23 Schengen-Visum: Benannt nach der Stadt Schengen in Luxemburg, wo 1985 die ersten fünf europäischen Länder (Belgien, Frankreich, Luxemburg Niederlande und Westdeutschland) verabredeten, die untereinander bestehenden Landesgrenz-Kontrollen aufzuheben und den freien Personen- und Warenverkehr zuzulassen. Menschen, die außerhalb der heute 26 europäischen Schengen Staaten leben, müssen bei einer Einreise in der Regel zuvor ein sogenanntes Schengen-Visum beantragen. Seit der Zunahme von Flüchtlingen nach Europa stellen einige Länder dieses Abkommen in Frage und haben teilweise eigene neue Grenzkontrollen wieder eingeführt.

24 Murtala Mohammed (1938–1976), machte sich durch einen Staatsstreich im Juli 1975 zum militärischen Machthaber von Nigeria. Bereits im Februar 1976 fiel er selbst einem Mordanschlag zum Opfer. Er ist u.a. bekannt dafür, dass er

die Hauptstadt des Landes von Lagos an der Küste nach Abuja ins Landesinnere verlegte.

25 500.000 Uganda-Shilling sind gegenwärtig ungefähr 120 Euro.

26 45.000 nigerianische Naira sind derzeit knapp 110 Euro.

27 Die verschiedenen Gruppen der Yoruba sind eher eine kulturell traditionelle Ethnie als ein gemeinsames Volk. Yoruba leben außer in Nigeria auch in Benin, Togo und Sierra Leone. In Nigeria gehört Yoruba zu den vier am häufigsten benutzten Sprachen neben Englisch, Hausa und Igbo.

28 HIV und Aids sind nach wie vor ein großes Problem in Nigeria. Das Land hat weltweit die zweithöchste Zahl von mehr als drei Millionen HIV-infizierten Menschen. Nach letzten zugänglichen Zahlen sterben hier jährlich über 150.000 Menschen an den Folgen von Aids, und nirgendwo sonst kommen derzeit so viele Babys mit dem HI-Virus zur Welt, da nicht ausreichend Medikamente an schwangere Mädchen und Frauen gegeben werden. In Südafrika, dem Land mit der bislang international höchsten Rate HIV-infizierter Kinder und Erwachsener, sind, aufgrund von endlich organisiertem Zugang zu Medikamenten für alle, die Zahl der Neu-Infektionen seit wenigen Jahren rückläufig.

29 Homosexuell heißt wörtlich auf Yoruba: *onibaje*. Junge Leute benutzen aber eher den englischen Begriff *gay* sowie andererseits fast alle bekannten englischen Schimpfworte.

30 Hagia Sofia, eine bereits 532–537 n.Chr. erbaute Kirche, die später als Moschee genutzt wurde und heute ein weltberühmtes Museum und internationales Kulturerbe ist.

31 Die Bosporus Brücke war die erste, die 1973 eröffnet wurde und seitdem den Autoverkehr zwischen dem europäischen und dem asiatischen Teil von Istanbul ermöglicht. Inzwischen gibt es zwei weitere Brücken. Die erste Brücke wurde inzwischen umbenannt in „Brücke der Märtyrer des 15. Juli“ (auf Türkisch: *15 Temmuz Şehitler Köprüsü* ), nachdem es am 15. und 16. Juli 2016 dort nach einem am Ende gescheiterten Putschversuch zu militärischen Auseinandersetzungen zwischen regierungstreuen und regierungsfeindlichen Gruppen gekommen war.

32 Der Atatürk International Airport wurde offiziell am 6. April 2019 für den kommerziellen Passagier-Verkehr geschlossen, gleichzeitig öffnete der hochmoderne Internationale Flughafen von Istanbul, der einmal bis zu 200 Millionen Passagiere pro Jahr befördern soll. Für diese Geschichte findet das Treffen von David und David noch auf dem traditionsreichen Atatürk Flughafen statt, benannt nach dem Staatsgründer der modernen Türkei, Mustafa Kemal Atatürk (1881–1938).

33 Dieser Text über David Kato stammt weitgehend aus meinem Buch „Afrika – Geschichte eines bunten Kontinents. Neu erzählt mit afrikanischen Stimmen“ (Peter Hammer Verlag, Wuppertal, 2. Auflage 2016), S. 230–232.

34 Die Gesetzgebung in Uganda (erstmals verabschiedet im Parlament 2014) gegen Homosexuelle sieht bei „schweren Fällen“ (zum Beispiel „Wiederholungstätern“) lebenslängliche Haft vor. Wer sich öffentlich positiv zu Homosexualität äußert („homosexuelle Propaganda“) kann bis zu 7 Jahre Haft erhalten, und wer

Kenntnis von einem Homosexuellen hat und ihn nicht innerhalb von 24 Stunden bei der Polizei anzeigt, kann mit bis zu 3 Jahren Haft bestraft werden – dies gilt selbst für Familienangehörige. Diese Gesetzesvorlage war zuerst eingebracht worden von dem Abgeordneten David Bahati (*1973), der ursprünglich darin auch die Todesstrafe gefordert hatte. Das Gesetz von 2014 wurde wenige Monate später aus formalen Gründen von einem hohen Gericht für ungültig erklärt, bestimmt aber weiter das Denken vieler Politiker*innen und Richter*innen. Seit Ende 2019 bemüht sich vor allem der ehemalige katholische Priester und heutige „Minister für Ethik und Integrität", Simon Lokodo (*1957) weiter darum, die Todesstrafe für Homosexuelle doch noch einzuführen. Wörtlich sagte er kurz vor dem brutalen Mord an Brian Wasswa (*1991): „Homosexualität ist unnatürlich für Menschen in Uganda. Es ist eine Lüge, dass jemand so geboren wird. Homosexualität ist ein schweres Verbrechen und verdient die Todesstrafe."

35 Diese 13 Länder mit Todesstrafen für Homosexuelle sind (Stand 2020): Afghanistan, Brunei, Iran, Jemen, Mauretanien, Nigeria, Pakistan, Quatar, Saudi-Arabien, Somalia, Sudan, Südsudan und die Vereinigten Arabischen Emirate.

*„Queeramnesty setzt sich im Rahmen der international anerkannten Menschenrechtsorganisation Amnesty International weltweit für Menschen ein, die aufgrund ihrer sexuellen Orientierung verfolgt werden. Lutz van Dijk erzählt die Geschichte des 16jährigen David aus Kampala so, dass beeindruckend deutlich wird, was junge Menschen, die sexuellen Minderheiten angehören, in vielen Teilen der Welt erleiden müssen. Aber auch, wie sie sich mutig und einfallsreich wehren. Und wie wir sie unterstützen können.*

*Eine Pflichtlektüre für Schulen!"*

Naana Lorbeer und Stephan Cooper,
Queeramnesty Berlin
www.queeramnesty.de

*„Für viele Menschen, die in Ländern leben, in denen Rechte sexueller Minderheiten geachtet werden, ist es unvorstellbar, wie in anderen Ländern diese Rechte täglich verteidigt werden müssen. In Uganda zum Beispiel ist es nicht nur ein Verbrechen, lesbisch oder schwul zu sein, sondern ebenso, wenn du eine lesbische Schwester oder einen schwulen Bruder nicht bei der Polizei anzeigst. Lutz van Dijks Roman beschreibt dieses tägliche Leiden, aber ermutigt junge Menschen auch, zu sich selbst zu stehen und für die Menschenrechte aller zu kämpfen. Unsere Hoffnung ist, dass eines Tages so ein Buch, wie das von Lutz van Dijk, auch in Uganda überall, auch in Schulen, gelesen werden kann."*

Dr. Frank Mugisha, Kampala
Executive Director of SMUG – Sexual Minorities Uganda
www.sexualminoritiesuganda.com

**LA RÉPONSE DU PSY**

Collection coordonnée
par le Pr. Raymund SCHWAN

*Santé au quotidien*

# Tu médites avec moi ?

## La méditation de pleine conscience pour les enfants et accompagnants

Dr. Carine DELOIRE
Illustrateur Robin Ditsch

ellipses

Fichiers audio
à télécharger gratuitement
sur www.editions-ellipses.fr

ISBN 9782340-048058

8/10 rue la Quintinie 75015 Paris



www.editions-ellipses.fr

Impression & brochage SEPEC - France
Numéro d'impression : 19367210390 - Dépôt légal : mai 2021

PEFC™ 10-31-1470 / Certifié PEFC / Ce produit est issu de forêts gérées durablement et de sources contrôlées. / pefc-france.org